Christine Baeyer

Aufgewacht!

Die Geschichte einer Genesung

Bibliografische Information der Deutschen Bibliothek:
Die Deutsche Bibliothek verzeichnet diese Publikation in der Deutschen Nationalbibliografie; detaillierte Daten sind im Internet über <http://dnb.ddb.de> abrufbar.

Coverfoto mit freundlicher Genehmigung: Sören Meschede, Málaga

Herstellung und Verlag: Books on Demand GmbH, Norderstedt
ISBN 3-8334-4622-6

Inhalt

Vorwort

Dies ist ein sehr persönliches Buch. Erstmals habe ich den Mut, von Wahrnehmungen, Erlebnissen und Kenntnissen zu berichten, die in unserer Gesellschaft nicht unbedingt einen anerkannten Platz haben. Sicher werde ich dafür von einigen Seiten Kopfschütteln und Verständnislosigkeit ernten. Andere werden sagen: »Die spinnt. Das haben wir ja schon immer gewusst.« Damit kann ich leben. Denn ich allein weiß, dass alle in diesem Buch beschriebenen Erlebnisse wirklich genau so statt gefunden haben.

Ich bin oft nach meinen Erfahrungen gefragt worden, meine Genesung ist so oft falsch interpretiert worden, dass ich mich entschlossen habe, für alle, die es wirklich interessiert, zusammenzutragen, wie es in Wahrheit gelaufen ist. Jeder Lebensweg, jede Krise, jede Krankheit und jeder Mensch ist einzigartig. Dies ist eine ganz persönliche Geschichte, die Geschichte meiner eigenen Genesung.

Bevor die wissenschaftlich orientierte Leserschaft nun ihrer Entrüstung Luft macht, möchte ich betonen, dass ich niemandem empfehlen will und werde, sich von der Schulmedizin abzuwenden! Zwar habe ich für mich persönlich bewusst diesen Schritt vollzogen, doch ich will niemanden zur Nachahmung überreden. Ich will lediglich den Verzweifelten Mut machen, dass es sich lohnt, den ganz eigenen Weg zu finden. Wenn ich nur einen einzigen Menschen mit diesen Zeilen berühren kann, dann hat sich die Mühe des Niederschreibens gelohnt!

Ich danke meiner Familie für ihre Liebe und Unterstützung. Ich war für Euch schon immer etwas schwer zu verstehen, ein bisschen verrückt und eigenwillig und oft genug Anlass zur Sorge, und doch habt Ihr immer zu mir gehalten. Danke.

Ein großer Dank gilt meiner Schwester im allgemeinen sowieso und im besonderen für ihre Hilfe beim Korrekturlesen dieses Buchmanuskripts und der Realisierung dieses Projekts.

Ich danke allen Menschen, die mir begegnen. Jeder einzelne Mensch in meinem Leben kann mich etwas lehren und ist eine Bereicherung. Ich meine das so.

Ich danke allen Heilern und Lichtarbeitern, die mir auf meinem Weg begegnet sind und im richtigen Moment zur Stelle waren.

Ich danke all den Rat- und Hilfesuchenden, die den Weg zu mir fanden und mir erlaubten, sie ein Stück ihres Wegs zu begleiten. Jeder von Euch hat mich viel gelehrt!

Und vor allem danke ich meinen Freunden, die einzigartig sind und mich niemals im Stich gelassen haben. Eure Freundschaft hat mich durch schwere Zeiten getragen. Ohne Eure liebevolle und tatkräftige Zuwendung hätte ich vermutlich in schweren Zeiten aufgegeben.

Allen voran danke ich Kerstin, meiner Heilerin und Seelenfreundin, die mir ihre Hände, ihre Energie und ihre Anteilnahme zur Verfügung stellte, als ich sie am dringendsten brauchte.

Und ich danke Frank, der mir ein Dach über dem Kopf gab, als um mich herum die Welt zusammen brach, auch um die Trauer meiner Mutter. Das alles kam mir ganz normal und natürlich vor, doch dann verlor ich im Laufe der folgenden Jahre die Aufmerksamkeit für derlei Dinge.

Wir alle werden als Kinder offen geboren. Wir haben noch nicht erfahren müssen, dass unsere Eltern, Geschwister und Lehrer die Verbindung zu anderen geistigen Dimensionen nicht fördern werden. Wir wissen noch nicht, dass unsere Wahrnehmungen sich im Laufe unseres Lebens in den meisten Fällen verflüchtigen werden. Eigentlich verfügen wir Menschen über viele Bewusstseinsebenen, und als Kinder können viele von uns noch mit Leichtigkeit von einer Ebene in die andere wechseln. Wir alle könnten in bestimmten Situationen unseren Körper verlassen, doch für die allermeisten von uns ist diese Offenheit im Laufe unserer Kindheit verloren gegangen. Die erwachsene, »gebildete« Welt leugnet in unserer Gesellschaft die Existenz anderer Dimensionen, und so werden wir als Kinder schnell daran gewöhnt, dass eine Wahrnehmung in diesen Lebensbereichen nicht »erwünscht« ist. Wir verlernen die Aufmerksamkeit für all jene Bewusstseinsebenen, die in unserer modernen Gesellschaft keinen Platz haben. Das ist sehr schade, denn ausgestattet mit mehr Aufmerksamkeit und Offenheit wäre uns Menschen ein viel tieferes Verständnis für das Leben zugänglich.

Es ist jedoch möglich, dass diese erhöhte Aufmerksamkeit wieder erwacht. Jeder von uns kann seine Wahrnehmung steigern. Im Laufe meiner wachsenden spirituellen Entwicklung habe ich selbst erlebt, wie sich mit dem langsamen Anstieg der Schwingungsfrequenz meiner Energie auch meine Wahrnehmungsfähigkeiten verfeinerten. Dies geschah in langsamen Schritten und entwickelt sich noch heute weiter fort.

Manchmal ist die Ausbildung dieser Fähigkeiten aber auch mit traumatischen Erlebnissen verbunden, die den Betroffenen praktisch »wachrütteln«. Es können Begegnungen mit dem Tod sein oder mystische Erlebnisse in der Natur, manchmal wird jemand Zeuge einer Katastrophe, die seine Wahrnehmung nachhaltig verändert. Auch eine »Überdosis« starker Emotionen, seien sie nun positiv oder negativ, kann diesen Effekt des »Wachrüttelns« übernehmen. Oft ist dies ein einschneidendes Erlebnis im Leben des Menschen, und es kann in jedem Alter geschehen.

In einer befreundeten Familie habe ich diesen Vorgang unmittelbar miterleben können. Der sechzehnmonatige Louis hatte einen schweren Fieberkrampf, der sich bis zum Herzstillstand steigerte. Natürlich waren die Eltern sehr aufgeregt, dem Vater gelang dennoch eine Reanimation noch vor dem Eintreffen des Krankenwagens. Am Ende war alles gut ausgegangen, doch die Eltern, besonders der Vater, der seinem Sohn diesen wichtigen Dienst erwiesen hatte, waren sehr aufgewühlt und traumatisiert. Wir redeten stundenlang über die Erlebnisse, die so schockierend gewesen waren und nun verarbeitet werden mussten. In der folgenden Nacht hatte ich das Gefühl, dass der kleine Louis zu mir Kontakt aufnahm. Er ließ mich wissen, dass sich seine

Seele zu dieser Gratwanderung zwischen Leben und Tod entschlossen hatte, um sein Bewusstsein weiter zu öffnen. Louis »sagte« mir auch, dass dieser Prozess noch nicht abgeschlossen wäre und er noch einen weiteren Fieberkrampf bräuchte, um das angestrebte Energiepotenzial freizusetzen. Dafür würde er dann für den Rest seines Lebens eine besonders erhöhte Aufmerksamkeit erreichen können.

Es wunderte mich nach dieser nächtlichen Botschaft gar nicht sehr, als ich erfuhr, dass im Hause meiner Freunde noch ein weiterer Vorfall mit Louis statt gefunden hatte, der glücklicherweise nicht mehr ganz so dramatisch abgelaufen war wie der erste.

Doch verständlicherweise waren die Eltern sehr besorgt und baten mich um eine Energiebehandlung für den Kleinen. Wir warteten also, bis er fest schlief, um ihm keine unnötige Angst zu bereiten. Dann stellte ich mich an das Bettchen des tief schlafenden Kindes und begann, mit meinen Händen ganz vorsichtig seine kleine Aura zu reinigen. Louis grinste im Schlaf und ich fühlte mich ihm seltsam nah. Wieder hatte ich das Gefühl, dass er Kontakt zu mir aufnahm und ich konnte seine Anwesenheit in meinem ganzen Körper spüren. Plötzlich begann er, immer noch schlafend und mit geschlossenen Augen, die Bewegungen meiner Hände genau zu kopieren. Mir erschien das in dem Moment wie ein kleiner Gruß und eine Bestätigung, dass seine Wahrnehmung tatsächlich beeindruckend war. Und ich werde mit Interesse beobachten, wie dieser kleine Mensch fortan durch das Leben gehen wird. Ich bin sicher, dass auf ihn ganz besondere Aufgaben warten.

Der übliche Weg ist aber doch leider so, dass wir im Laufe unserer Kindheit unsere Wachheit verlieren und uns schon als Teenager oft gar nicht mehr daran erinnern können, dass wir einmal auch auf anderen Bewusstseinsebenen zuhause waren. Auch mir selbst ging das so. Als ich in die Pubertät kam, teilte ich längst die Meinung meiner Familie, dass meine Kindheit nicht von einer besonderen Wahrnehmung geprägt, sondern schlicht von einer extremen Phantasie durchzogen war. Für meine Familie war ich eben einfach ein »schwieriges« Kind, dessen Launen auf wenig Gegenliebe und noch viel weniger Verständnis trafen.

Bereits als Kind war ich gleichermaßen von einer kräftigen, nach außen drängenden Wut als auch einer tiefen inneren Traurigkeit erfüllt. Beides drückte sich im Wechsel aus, ich fühlte mich zerrissen, aber ich wäre nicht in der Lage gewesen zu benennen, was mir wirklich fehlte. Ich war eben »launisch« und blieb dies auch viele, viele Jahre, obwohl ich -und leider wohl auch die Menschen in meiner Umgebung!- inzwischen sehr darunter litt, bis ich endlich im Erwachsenenalter im Zuge meiner spirituellen Entwicklung Zugang zu meinem wahren Selbst bekam. Von dieser Entwicklung soll in diesem Buch die Rede sein.

Tod und Sterben

Mit knapp zwanzig befand ich mich erneut an der Grenze zu anderen Dimensionen. Ich hatte ein Nahtod-Erlebnis, das ich jedoch zu jenem Zeitpunkt gar nicht richtig als ein solches begriff. Meine Lebenssituation war damals extrem schwierig. Erst kürzlich hatte ich festgestellt, dass mein Mann homosexuell war. Außerdem war er Quartalstrinker. Wir hatten ein kleines Baby und ich befand mich in einem hoffnungslosen Dilemma. Sollte ich meine Ehe beenden oder um des Kindes Willen daran festhalten?

An diesem Abend war ich mit Freunden in einem schlecht belüfteten, verrauchten und völlig überfüllten Lokal. Da ich für meinen Sohn an diesem Abend ausnahmsweise einmal einen Babysitter hatte, waren meine Freunde auf die Idee gekommen, mich mitzunehmen, damit ich mal auf andere Gedanken käme. Das Vorhaben verlief anders als geplant, denn unvermittelt wurde ich ohnmächtig. Meine Freunde trugen mich in den Eingangsbereich des Lokals, wo wenigstens ein kleiner Luftzug ging. Und etwas Seltsames geschah: Ich schien über der ganzen Szene zu »schweben«, fühlte mich unglaublich leicht, konnte alles hören und beobachten und sah, wie man mich auf den Boden legte und versuchte, mich wieder zu beleben. Dies schien zunächst nicht zu gelingen, doch unter meinen Freunden waren sowohl ein Rettungssanitäter als auch eine Krankenschwester. Mit vereinter Kraft schafften sie es schließlich, mir wieder ein Lebenszeichen abzuringen. Während dies geschah, hatte ich das Gefühl, eine große Kraft zöge mich wieder in meinen Körper zurück. Ich versuchte, mich zu wehren. Ich wollte nicht wieder dort hinein, doch die Kraft war stärker.

Später empfahlen die Ärzte mir, eine therapeutische Behandlung zu beginnen, da keine organischen Ursachen für meine Ohnmacht feststellbar waren, ich aber ganz offensichtlich über ungenügenden Lebenswillen verfügte. Ich lehnte entrüstet ab und war entsetzt über die mangelnde Professionalität dieses Vorschlags. Ich war doch nicht verrückt! Was sollte eine Ohnmacht, ein Versagen des Körpers, mit meiner Lebenssituation zu tun haben?

Heute weiß ich, dass genau diese Lebenssituation mich aber offenbar tatsächlich so sehr überforderte, dass ich einfach aufgeben wollte. Bewusst war mir das jedoch damals keineswegs.

Ähnliche Erlebnisse, in denen mein Körper mir gnädig eine kurze Auszeit von einem allzu anstrengenden Dasein im Hier und Jetzt gönnte, hatte ich später, wenn ich unter der Last von Krankheit, Sorgen und karmischen Verwicklungen zusammenzubrechen drohte. In Momenten der absoluten physischen und psychischen Erschöpfung wurde meinem Körper dann eine Ohnmacht oder ein epileptischer Anfall und meinem Geist eine Phase der Orientierungslosigkeit geschenkt. Natürlich empfanden weder die Menschen in meiner Umgebung noch ich selbst dies zu jenem Zeitpunkt als Geschenk. Doch heute im Rückblick weiß ich, dass es Notbremsaktionen meines Körpers und meiner Seele waren, die mich schließlich gerettet haben.

Das Leben ist oft wie ein Tanz auf dem Vulkan. Jeder von uns hat bestimmte Aufgaben in diesem Leben, die er oder sie mehr oder weniger gut meistert. Für viele Menschen gibt es Grenzerfahrungen in Form von Krankheiten, Unfällen oder durch andere Auslöser, in denen sie sich an der Schwelle des Todes wiederfinden. Zahlreiche Forscher haben die Berichte dieser Menschen gesammelt und ausgewertet, und es war bald klar, dass die Schilderungen des Überganges vom Leben zum Tod sich sehr häufig ähnelten.

Die knapp dem Tod Entronnenen berichten erstaunlich einhellig von einem strahlenden weißen Licht, das sie mit unglaublicher Intensität anzog. Diese Beschreibungen finden sich auf der ganzen Welt, ungeachtet der kulturellen Hintergründe der Betroffenen. Oft wird eine angenehme Leichtigkeit beschrieben beim Verlassen des physischen Körpers, ein zeitweises Schweben darüber, bei dem die Umgebung genau wahrgenommen und sogar die während dieser Zeit von den Anwesenden gesprochenen Worte später lückenlos wiedergegeben werden können. Häufig wird auch darüber berichtet, dass im Nahtod-Erleben sogar die Gedanken und Gefühle der Anwesenden erspürt wurden. Zahlreich sind ebenfalls die Schilderungen von Lichtgestalten, die am Ende eines Weges oder Tunnels auf den Sterbenden warten, um ihn abzuholen und auf dem Weg in eine andere Dimension zu begleiten. Ein ebenso häufiges Element von Todesnäheerfahrungen ist der sogenannte Lebensfilm. Dabei sehen Betroffene ihr gesamtes Leben noch einmal im Schnelldurchlauf.

Der Wiedereintritt in die leidende, oft schwer kranke oder verletzte körperliche Hülle erfolgt häufig nur widerstrebend.

Die meisten westlichen Wissenschaftler erklären Nahtod-Erlebnisse mit der Funktionsweise unseres Gehirns. Rein naturwissenschaftlich soll es sich um Reaktionen handeln, die unser Gehirn auch üblicherweise zeigt. Das Gehirn ist auch im Sterbevorgang weiterhin aktiv und erschafft sich mit den wenigen Informationen, die es erhält, seine Realität selbst. Sogar das Verlassen des Körpers lässt sich so erklären. Es gibt Gebiete im Gehirn, die es möglich machen, dass wir uns selbst von oben sehen können. Das kennt fast jeder aus Träumen oder Erinnerungen. Im Schock des Sterbens kann es sein, dass nur diese Gehirnregionen aktiv sind. Dann kann der Eindruck entstehen, dass man tatsächlich seinen Körper verlässt. Die Situation erscheint absolut real. Dieses Gefühl lässt sich sogar künstlich erzeugen, wenn die entsprechenden Hirnregionen elektrisch gereizt werden.

Jedoch bietet dieser rein wissenschaftliche Ansatz noch immer keine Erklärung dafür, warum Betroffene, die ihren Körper verlassen hatten, hinterher ganz klare Angaben zum Verbleib bestimmter Gegenstände machen konnten. So gibt es die Geschichte einer Sterbenden, die, nachdem sie ihren Körper verlassen, in einer Wohnung im Stockwerk darüber einen blauen Kinderschuh auf dem Fußboden liegen gesehen hatte. Gleich nach dem Wiedereintritt in ihren Körper berichtete die Frau von dieser Beobachtung. Als man in der darüber liegenden Wohnung nachschaute, fand man einen blauen Kinderschuh genau an der beschriebenen Stelle auf dem Fußboden liegen.

Als ich 26 war, wurde der erste Tumor in meinem Kopf entdeckt. Die darauf folgende Zeit war angefüllt mit Operationen, Chemotherapie und vielen, vielen quälenden Gedanken. Ich hatte mich inzwischen längst vom Vater meines Sohnes getrennt und musste für den kleinen Zwerg ganz alleine sorgen. Plötzlich stand das Thema »Tod« vor mir und ich fühlte mich eindeutig zu jung, um damit konfrontiert zu werden. So übte ich mich im Wegschauen. Zwar nahm ich alles an, was die Schulmedizin mir an Maßnahmen bot, doch ich ignorierte meine Erkrankung weitgehend und sprach nur mit wenigen vertrauten Menschen darüber. Ich war dann auch sehr froh, als es hieß, ein nicht operabler Tumor wäre verkapselt und vorerst keine Gefahr. Nun konnte ich dem unangenehmen Thema zunächst den Rücken kehren. Von der wachen Aufmerksamkeit, die ich als Kind für alle Fragen des Daseins gehabt hatte, war ich zu jenem Zeitpunkt weit entfernt.

Ich verstand noch nicht, was eine Krebserkrankung dem Betroffenen sagen will und kann. Krebs ist –wie jede Erkrankung- eine große Chance, Denkfehler und Irrtümer in unserem Leben zu erkennen.

Für mich war der Tod, der hinter dieser Krankheit lauert, vor allem ein Schrecken, die große Unbekannte im

Leben, etwas, das niemand will, und das doch jeden ereilt. Etwas Unerwünschtes, Furchtbringendes. Dies ist eine typische Sichtweise in unserer Gesellschaft. Der Tod wird ausgegrenzt, findet allermeistens längst nicht mehr im Kreise der Familie statt, wird weg geschoben »tot geschwiegen«, was seine vermeintliche Bedrohung für den Menschen nur noch furchterregender erscheinen lässt.

Doch dies muss nicht zwangsläufig so sein. Es gibt durchaus Kulturen, in denen der Tod durch Rituale begleitet und als wichtige Übergangsphase in eine andere Dimension begrüßt wird. Hier wird der Tod dann nicht düster beklagt, sondern freudig angenommen, sogar gefeiert. Paradoxerweise werden solche Kulturen von uns als »primitiv« angesehen.

Erst neuerdings setzt sich mit der Schaffung von immer zahlreicher werdenden Hospizen auch bei uns der Gedanke durch, dass eine Chance darin liegt, das Sterben nicht wegzuschieben. Im Hospiz wird dem Betroffenen und seinen Angehörigen die Möglichkeit gegeben, sich dieser wichtigen Lebensphase zu stellen. Der Tod darf wieder Raum einnehmen in unseren Leben. Es darf gelernt werden, sich auf ihn vorzubereiten. Im Hospiz geschieht dies in größtmöglicher Würde, zum Vorteil aller Beteiligten.

Immer öfter gibt es Menschen, die die Zeit des Übergangs dazu nutzen, dem Sinn des Lebens nachzuspüren, Gespräche mit dem Sterbenden zu führen, ihn zu begleiten und sich zu verabschieden.

Ich persönlich habe immer dann, wenn ich zu sterbenskranken Freunden in ihren letzten Wochen und Monaten engen Kontakt hatte, sehr viel über das Leben, die Liebe und mich selbst gelernt. Zwar war dieses Abschiednehmen auch immer ein trauriger Akt, doch die enge Nähe zu einem scheidenden Freund oder Familienmitglied hat nach dem schließlich erfolgten Tod im Rückblick etwas sehr Tröstendes.

Begegnung mit Verstorbenen

Ich war Ende zwanzig als meine Aufmerksamkeit auf bemerkenswerte Weise erneut geweckt wurde. Es gab nach meiner so unglücklich verlaufenen ersten Ehe und einer weiteren tiefen, aber zum Scheitern verurteilten Liebe wieder einen Mann in meinem Leben, der mich unbedingt heiraten wollte. Doch ich zögerte seit Wochen meine Entscheidung hinaus. Er war erst kürzlich verwitwet, und die Präsenz seiner verstorbenen Frau schien mir allzu greifbar. Außerdem hatten wir beide Kinder, und ich scheute die damit verbundenen Schwierigkeiten für solch einen vorbelasteten Neuanfang. Ich redete mir ein, diese Ehe wäre einfach nicht »richtig«, ich war voller Zweifel und Bedenken. Weder dieser Mann noch ich selbst hatten bis dahin einen besonderen Draht zu den besagten unerklärbaren Dingen zwischen Himmel und Erde und hatten bis zu diesem Tag auch niemals miteinander über dieses Thema gesprochen.

An einem politisch brisanten Tag, dem Tag des Falls der Berliner Mauer, gingen wir, aufgewühlt von den Tagesereignissen, in einem kleinen Lokal essen. Die Tische standen sehr nahe beieinander, und natürlich gab es nur ein einziges Thema: den Fall der Mauer. Es herrschte rundherum eine ausgelassene Stimmung. Alle Gäste sprachen von Tisch zu Tisch miteinander. Ich erwähne dies, um zu betonen, dass wir uns keineswegs etwa durch angeregte Gespräche über andere Themen in eine eingebildete Wahrnehmung hinein gesteigert hatten.

Dies war also die allgemeine Atmosphäre, als ich ganz plötzlich neben unserem Tisch die verstorbene Frau meines Begleiters stehen sah, die ich doch in Wahrheit nur von Fotografien kannte. Sie schaute mich an und strahlte eine ausgesprochene Ruhe und ein tiefes Wissen aus. Sie lächelte und fragte mich »Wovor hast Du Angst?«. Aus ihren Worten hörte ich die Ermunterung, ihren im Leben gebliebenen Ehemann zu heiraten. Ich war völlig perplex und weiß nicht, wie lange ich keinerlei Notiz von meiner Umgebung nahm. Als ich wieder in die Wirklichkeit zurückkehrte, erkannte ich, dass mein Gegenüber leichenblass war. Ich fragte ihn, was mit ihm los wäre, doch er winkte nur ab und antwortete, darüber könne er jetzt nicht reden. Ich fragte ihn noch einmal eindringlich, was mit ihm sei, doch er schüttelte nur ziemlich fassungslos den Kopf. Erst jetzt nahm ich wahr, dass es in dem kleinen Restaurant erstaunlich still geworden war und jeder Gast auf uns zu blicken schien. Alle schienen zu spüren, dass etwas Besonderes geschehen war. In seltsam gedrückter Stimmung beendeten wir unsere Mahlzeit.

Nachdem wir das Lokal verlassen hatten, konnte ich es gar nicht erwarten, meinen Begleiter zu fragen, was ihn so beschäftigte. Ich wusste die Antwort bereits, doch wollte ich meiner inneren Gewissheit einfach keinen Glauben schenken. Die nun folgende Schilderung seiner Beobachtungen wischte allerdings alle Zweifel fort.

Auch er hatte seine verstorbene Frau gesehen, an eben derselben Stelle wie ich. Zu ihm hatte sie gesagt: »Ich bin glücklich«, hatte ihm über den Rücken gestreichelt und war verschwunden.

Wir waren nun beide völlig ergriffen von dieser Erscheinung und versuchten einige Male, eine Erklärung dafür zu finden, dass es sich hier um einen Fall kollektiver Einbildung gehandelt haben könnte. Doch diesen Versuch gaben wir schnell auf und gestanden uns ein: Es war wirklich geschehen! Und es gab nur eine natürliche Schlussfolgerung für uns: Ein halbes Jahr später heirateten wir.

Viele Jahre später, als auch diese Ehe leider ihrem Ende entgegen ging, lernte ich »zufällig« einen Mann kennen, der sich im letzten Stadium einer Lungenkrebserkrankung befand. Ich besuchte ihn häufig im Krankenhaus, brachte ihm kleine Geschenke, um ihn zu erfreuen und holte ihn hinaus in die Sonne und ans Wasser, das er so sehr liebte, – wann immer sein Zustand es erlaubte. Er dankte mir dies mit echter Freundschaft und Anteilnahme an meinem Leben.

Es war die Zeit, als ich darüber nachdachte, mich von meinem Mann zu trennen und auf der Suche war nach einem neuen Zuhause für mich und meinen Hund. Bei meinen Treffen mit Gerd berichtete ich ihm von meinen Immobilienbesichtigungen, und als ich ihm eines Tages Fotos des Hauses zeigte, das ich kurz darauf kaufen sollte, schaute er sich diese lange an und riet mir dann eindringlich zum Kauf. Und er wollte das Haus unbedingt sehen, als es endlich mir gehörte. Doch sein Zustand erlaubte es leider nicht mehr, dass er einen solchen Ausflug machte. Ich war darüber sehr traurig, aber er tröstete mich und sagte: »Ich werde das Haus mit Deinen Augen sehen.«

Einige Monate später, er hatte inzwischen seinem Leben und Leiden ein Ende gesetzt, saß ich nachts auf der Terrasse in meinem Garten. Ganz unvermittelt musste ich äußerst intensiv an Gerd denken und wie unter Zwang hob ich den Blick zum Himmel. Dort erstrahlte der schönste Sternenhimmel, den ich jemals zu Gesicht bekommen hatte. So unendlich viele Sterne hatte ich hier im Norden noch nie zuvor am Himmel leuchten sehen. Ich war sehr ergriffen von diesem Anblick und fühlte mich unter diesem funkelnden Dach glücklich und geborgen.

Bald danach ging ich mit meinem Hund noch eine letzte Abendrunde durchs Dorf. Irgendwann schaute ich dabei zum Himmel und stellte erstaunt fest, dass plötzlich viel weniger Sterne zu sehen waren. Worauf ich nun schaute, war wieder der ganz normale norddeutsche Sternenhimmel. Während ich noch darüber nachdachte, gingen wir langsam zurück zu meinem Grundstück, und als wir es betraten, funkelten am Himmel plötzlich wieder Millionen Sterne in all ihrer Pracht. Wie konnte das von einem Moment zum anderen sein? Bildete ich mir ein, dass auch mein Hund wie fasziniert zum Himmel blickte? Es schien wirklich, als befände sich einzig über meinem Grundstück eine Glocke aus funkelnden Sternen. Noch einmal setzten wir uns in den Garten und ich schaute lange hinauf in diese unbeschreiblich schöne und glückbringende Pracht. Da hörte ich plötzlich Gerds Stimme:

»Siehst du, nun habe ich es doch geschafft, hierher zu kommen. Dies ist mein Einweihungsgeschenk für dich. Und mein Dankeschön für deinen Beistand. Und mein

Abschied. – Denn ich muss nun in andere Welten aufbrechen.«

Tränen des Glücks liefen mir die Wangen hinunter. Ich fühlte seine Seele ganz nah bei mir.

»Wir sind alle zur richtigen Zeit am richtigen Ort. Denk daran, dass unser Dasein auf Liebe gebaut ist. Und dass du immer geliebt wirst. Genieße diesen Sternenhimmel, der heute Nacht nur für Dich leuchtet, und denke daran in späteren schweren Zeiten.«

Diese bemerkenswerte Nacht, diese Nachricht aus einer anderen Dimension verwirrte mich damals sehr und gab mir doch gleichzeitig eine große innere Ruhe und ganz viel Zuversicht.

Eine noch viel verrücktere Variante einer solchen Begegnung mit einem längst Verstorbenen hatte ich zwei Jahre später.

Vor meiner zweiten Ehe hatte ich einige Jahre lang eine Beziehung mit einem Mann gehabt, den ich sehr liebte. Aber das Leben offeriert uns nicht immer den leichtesten Weg. Aus verschiedenen Gründen mussten wir unser Verhältnis beenden und verloren am Ende gar den Kontakt zueinander. Doch er sollte immer der Mann bleiben, dem ich mich seelisch verwandt fühlte, und als ich einige Jahre später von seinem Tod erfuhr, war es so, als wäre ein wichtiger Teil von mir selbst gestorben. Ich ging zu seiner Beerdigung, ich »besuchte« ihn später an seinem Grab, doch er schien nicht »zuhause« zu sein. Es gelang mir nicht, Kontakt zu ihm aufzunehmen, mich seiner Seele nah zu fühlen. Zu jenem Zeitpunkt stimmte mich diese Tatsache sehr traurig, doch das Leben ging weiter. Die Erinnerung an ihn war ein fester Teil von mir, doch der Gedanke an ihn schmerzte nicht länger, und ich war einfach nur glücklich und dankbar, dass ich ihn gekannt und so schöne Jahre mit ihm erlebt hatte.

Als ich mich dann sehr viele Jahre später zu einer Reinkarnationstherapie in Neu Mexiko befand, erlebte ich intensive Tage, in denen ich sehr offen und empfänglich war für übersinnliche Dinge, ganz so wie damals in meiner Kindheit. Mein Aufenthalt an diesem wunderbaren Fleck der Erde war geprägt von eindrucksvollen Erlebnissen und Wahrnehmungen.

Eines Nachmittags ging ich alleine an einem See spazieren. Dieser See gehörte zur Hotelanlage, in der ich untergebracht war, und war bevölkert von vielen Enten verschiedenster Farben und Größen. Ich kam jeden Nachmittag hierher, weil dieser Ort soviel Frieden und Stille ausstrahlte. An jenem Tag stand eine große weiße Ente am Zaun, der den See von dem Rest des Hotelgeländes abtrennte. Die Ente schaute mich mit magischem Blick an und ich ging zu ihr. Während der folgenden Konversation, die nur »in meinem Kopf« stattfand, bzw. auf einer Ebene, die keine hörbaren Laute benötigt, schaute sie nicht ein einziges Mal in eine andere Richtung, nicht für eine Sekunde.

»Hallo Tina.«

So hatte mich seit Jahren niemand mehr genannt.

»Nun bist du endlich gekommen.«

Der Schreck fuhr mir in die Glieder. Ich bildete mir ein, diese Ente spräche zu mir. Ich bildete mir weiter ein zu wissen, mit wessen Stimme sie sprach. Aber das konnte doch gar nicht sein!

»Wulf?« fragte ich ungläubig.

Auch dies geschah, ohne dass ich die Worte aussprach. Ich »schickte« sie lediglich in Richtung dieser seltsamen Ente.

»Ja, ich bin's.«

»Was passiert hier? Bist du es wirklich?«

»Ja, ich habe gewartet, bis der Zeitpunkt gekommen ist und bin nur, um mit Dir zu reden, als Ente an diesem Ort der Erde inkarniert.«

Ich weiß, es klingt völlig verrückt, aber ich wusste, dass hier meine einstmals große Liebe zu mir sprach. Mir kamen die Tränen.

»Ich habe dich so sehr vermisst,« sagte ich leise zu der Ente, die mich nach wie vor unverwandt anstarrte. Nun kam sie noch ein wenig näher an den Zaun, der uns voneinander trennte und zwinkerte mit dem linken Auge.

»Ich liebe dich,« meinte die ‚Ente' eindringlich, »und ich bin hier, um dich wissen zu lassen, dass meine Seele immer bei dir ist. Du hast noch wichtige Aufgaben in diesem Leben vor dir liegen.«

Ich hatte einen Kloß im Hals, schluckte und wusste nicht, was ich von dieser Situation halten sollte. Doch die ‚Ente' sprach weiter zu mir, sagte mir viele Dinge, die ich heute wieder vergessen habe, die jedoch damals sehr wichtig für mich waren. Mein Freund war zu mir gekommen, um mir eine wichtige Botschaft zu übermitteln. Soviel begriff ich. Am Ende schickte er mich weg, zurück ins Leben.

»Du musst jetzt gehen.«

»Aber was wird mit dir geschehen? Warum kann ich nicht noch bei dir bleiben?« fragte ich.

»Du musst jetzt deinen Weg gehen, musst dich auf deine Aufgaben vorbereiten. Ab morgen werde ich eine harmlose Ente zwischen anderen Enten sein, falls du mich überhaupt noch einmal wieder entdeckst.«

Die Ente berührte durch den Zaun mit ihrem Schnabel meine Finger. Es war eine unglaublich zärtliche Geste.

»Geh jetzt, Tina. Geh zurück ins Leben. Sei aufmerksam und bereit für die Aufgaben, die vor dir liegen.«

Es mag sehr kitschig und theatralisch klingen, doch als ich zurück zum Hotelgebäude ging, weinte ich Tränen des Glücks. Ich hatte keinen Zweifel, dass sich alles genau so zugetragen hatte. Und ich hielt tatsächlich in den darauf folgenden Tagen vergeblich Ausschau nach dieser speziellen Ente. Sie schien einfach verschwunden zu sein.

Channeling

Ich war bei all diesen Erlebnissen mit Verstorbenen gleichzeitig beeindruckt, verwirrt, verunsichert und bei allen Zweifeln doch überzeugt, keiner Einbildung erlegen zu sein. Sicher haben viele Leser ähnliche Situationen erlebt. Einigen Menschen ist es sogar vergönnt, sich als »Channel« zu erleben. In den seltensten Fällen stößt dies jedoch auf das Verständnis der Umwelt. Häufig genug landen diese Personen irgendwann in einer psychatrischen Behandlung, weil es eben nicht als »normal« gilt, Stimmen zu hören oder mystische Offenbarungen zu erleben. Und alles, was nicht »normal« und wissenschaftlich belegt ist, muss doch, so glaubt unsere Gesellschaft, behandelt und bekämpft werden!

Beim Channeln wird ein Mensch als Übertragungsmedium für Botschaften von Wesen aus anderen Dimensionen benutzt. Es gibt berühmte und weniger Aufsehen erregende Beispiele für Channeling. Der als Channel fungierende Mensch erhält dabei Botschaften, die er in Form von »automatischem Schreiben« oder verbalen Botschaften an die Welt weitergibt. Hierbei ist bemerkenswert, dass sich das Medium dabei mit Worten ausdrückt, die nicht seiner eigentlichen Ausdrucksweise entsprechen oder Details über Wissensgebiete weitergibt, mit denen es sonst überhaupt nicht vertraut ist. Die gechannelten Botschaften können dabei lediglich für das Medium selbst eine wichtige Rolle spielen oder Hilfe für Ratsuchende von außen darstellen. Häufig kommt es auch vor, dass philosophische und spirituelle oder wissenschaftliche Lehren gechannelt werden. Im Bereich der Heilung channelt der Heiler Energie aus dem Universum.

Natürlich bergen diese Vorgänge auch Gefahren des Missbrauchs in sich. Es sind Fälle dokumentiert, in denen das Medium –gegen seinen Willen- von einem fremden Bewusstsein regelrecht in Besitz genommen wurde. Oft verleugnet dann ein Medium seine eigene Verantwortung. Denn ungeachtet, aus welcher Quelle ein Ratschlag auch immer stammt, dürfen wir nie die Verantwortung für unser Handeln an jemand anderen abgeben.

Andererseits gehen viele Channeler aus Unwissenheit sehr unvorsichtig an die Kontaktaufnahme mit Geistwesen heran. Häufig beobachtet wird auch die Tendenz, nach dem Tod eines geliebten Menschen diesen immer wieder zu kontaktieren und somit seinen Übergang in andere Dimensionen zu erschweren oder gar zu verhindern und ihn statt dessen in dieser Welt gefangen zu halten. Dem Missbrauch des Channelings stehen leider von beiden Seiten Tür und Tor offen.

Grundsätzlich sind alle Menschen sensitiv veranlagt. Es bedarf nicht unbedingt einer großen spirituellen Ausprägung, um zum Channel zu werden. Aber allermeistens wird nach einiger Zeit der Erfahrung mit Channeling das spirituelle Bewusstsein automatisch erweitert. Channeling erfordert lediglich eine entspannte Offenheit, sei sie bewusst oder unbewusst. Starker Willen zum Channeln ist sogar eher hinderlich.

Die Lebensberaterin und Heilerin Gilly Wilmot hat einmal im Vorwort eines Buches zum Thema Channeling ihre eigenen Empfindungen beim Channeln sehr anschaulich beschrieben.

»Was ist es für ein Gefühl zu channeln? Das Wesen des Geistes und sein Potenzial haben mich immer schon fasziniert, und als ich erstmals verbal zu channeln begann, war ich mir bewusst, dass ich mich nun einer vollkommen neuen Erfahrung öffnete. Ich erinnere mich, dass ich das Gefühl hatte, mein Körper würde plötzlich leichter – ich befand mich in einem angenehmen, entspannten Schwebezustand. Ich fühlte eine sanfte Brise, die mich umgab, und einen geringfügigen Druck, üblicherweise auf der linken Seite meines Kopfes; ein kaum wahrnehmbarer Duft begleitete die Brise. Die Stille vertiefte sich allmählich und es verbreitete sich eine Atmosphäre von Ruhe. Ich hatte den Eindruck, als stünde eine ziemlich große männliche Gestalt neben mir. Ich war mir bewusst, dass Wörter in meinem Kopf auftauchten, vor allem spürte ich jedoch eine intensive Energie. Liebe und Frieden schienen mich einzuhüllen. Und obwohl ich wahrnahm, dass immer wieder Wörter auf mich einströmten, konnte ich mich nach der Rückkehr in den normalen Wachzustand kaum an etwas erinnern. Im Gegensatz zum automatischen Schreiben, das aus einem einfachen Fluss von Wörtern bestand, nahm mich dieser Vorgang wesentlich mehr gefangen. Im Verlauf der Zeit und mit mehr Übung gelang es mir, die Energie »festzuhalten«, und ein heftiger Kommunikationsfluss begann. Die Gedanken und die Sprache unterschieden sich von meinen eigenen: Was auch immer ich erlebte, wich von meiner üblichen Wahrnehmung ab.«

Ich selbst habe in Lebensphasen des Zweifelns und der Orientierungslosigkeit oder Unsicherheit eine Frau befragt, die als Channel Botschaften aus dem Universum vermittelt. Meine anfänglichen Ängste und Zweifel wurden dabei schnell durch kleine, ebenfalls übermittelte Informationsdetails ausgeräumt, die diese Frau persönlich gar nicht über mich kennen konnte. Die vermittelten Ratschläge waren zutreffend und hilfreich und haben mir sehr weitergeholfen.

Eine besondere Form des Channelns von Informationen findet sich in der Psychometrie. Hier handelt es sich um ein Verfahren, bei dem beim Berühren eines Gegenstands mit einem offenen Bewusstsein Informationen vermittelt werden. Ein anschauliches Beispiel gibt Chris Griscom in ihrem Buch »Zeit ist eine Illusion«. Dort berichtet sie von Erlebnissen mit Kindern in ihrer Sommerschule in der Wüste Neu Mexicos.

»Wenn wir zum Beispiel die Kultur der Indianer näher kennenlernen wollten, nahm ich die Kinder zu den Felszeichnungen in unserem Tal mit. Ich forderte sie auf, ihre Hände auf die Felszeichnungen zu legen, die Augen zu schließen und einfach zu beobachten, welche Bilder vor ihrem inneren Auge auftauchten. Es ergaben sich sehr tiefgreifende Einblicke, gerade weil diese Kinder noch nichts von den Indianern wussten, weder welche Beeren sie aßen noch welche Stoffe sie webten.

Die Kinder legten ihre Hände auf die Felszeichnungen, und sie fingen an, Geschichten zu erzählen. Sie beschrieben die Muster der Lendentücher, die damals die Indianer tru-

gen, sie beschrieben die Gerüche der zubereiteten Nahrungsmittel, sie beschrieben die Jagd. Ich erkannte, dass man diesen Vorgang dessen, was wir »Psychometrie« nennen, als eine erstaunliche Technik benutzen konnte, um Kenntnisse von Menschen, Dingen und Begebenheiten zu gewinnen, die in irgendeiner Weise am Orte des Geschehens Schwingungseindrücke zurückgelassen haben.

Die Kinder entwickelten mit der Zeit einen unmittelbaren Kontakt zu anderen Zeiten, anderen Dimensionen, anderen Orten und sie erkannten, dass all dies »wahr« war, weil sie die Wirklichkeit jener Indianer mittels ihrer Sinne erspüren konnten, weil sie sie als natürlich empfanden, als »normal«. Und sie konnten sich gegenseitig Einzelheiten bestätigen. Ein Kind würde sagen: »Ich sehe diesen Menschen, und er trägt ein Lendentuch in roter Farbe mit einem bestimmten Muster.« Und ein andere Kind würde antworten: »Ja, und ich sehe auch den Köcher, in dem er seine Pfeile trägt, und der sieht so aus.« Wir konnten uns dann später in historischen Büchern von der Genauigkeit der Beschreibungen überzeugen.«

In Räumlichkeiten und Gegenständen sind also Energieschwingungen gespeichert, mit denen diese im Laufe ihres Bestehens umgeben gewesen waren. So tragen beispielsweise auch manche Antiquitäten noch düstere Schwingungsmuster, die nun die Räume, in denen sie heutzutage stehen, »verpesten«, ohne dass die Nutzer dieser Räume unbedingt sagen könnten, warum sie bestimmte Eindrücke, Reaktionsmuster und Stimmungen haben, wenn sie in der Nähe des betreffenden Möbelstücks sind. Bestimmte, als Talisman genutzte Gegenstände können aus dem selben Grund auch tatsächlich positive Schwingungen auf seinen Besitzer übertragen.

Energien von Gebäuden

Auch Häuser tragen ihre ganz individuelle Energie.

Unmittelbar nachdem mein zweiter Mann und ich geheiratet hatten, zogen wir in ein wunderschönes Haus, das wir uns zur Hochzeit gekauft hatten. Es befand sich auf einem riesigen, parkartigen Grundstück inmitten eines Waldes. Wir hatten beide gleich gespürt, dass dieses neue Zuhause wichtig und gut für unseren Neuanfang war. Und wir fühlten uns beide sofort wohl und geborgen. Dann begann das Haus, sich mir vorzustellen.

Nachts wachte ich oft auf und nahm eine seltsame Geräuschkulisse wahr. Es klang, als würde ganz in der Nähe ein großer Ball stattfinden. Fetzen von Musik und hellem Gelächter drangen an mein Ohr. Und ich fühlte mich dabei unbeschreiblich glücklich und geborgen. Während der folgenden Jahre, die ich in diesem Haus wohnte, wiederholte sich der festliche Ball von Zeit zu Zeit. Natürlich erzählte ich meinem Mann von meinen nächtlichen Wahrnehmungen, und er zweifelte auch nach all dem, was wir gemeinsam erlebt hatten, nicht an meinen Worten. Jedoch blieb ich die Einzige, die die Anwesenheit anderer Daseinsformen in dieser Umgebung spürte.

Als wir eines Abends im Bett lagen, merkte ich, dass die Energie rund um das Haus sich veränderte. Ich wurde unruhig und fühlte mich nicht wohl. Ich fragte meinen

Mann, ob er etwas bemerken würde, doch wieder war ich mit meinen Wahrnehmungen allein. Dann »sah« ich plötzlich vor den Fenstern wabernde Schleier, die in der Luft zu schweben und nach dem Haus zu greifen schienen. Ich fühlte mich immer beengter und beobachtete, wie diese seltsamen Energien oder Wesen oder Bewusstseinsformen versuchten, in unser Haus einzudringen. Doch es sollte ihnen nicht gelingen. Unser Zuhause schützte uns und ließ diese fremden Energien nicht herein.

Seit diesem Erlebnis fühlte ich mich nur umso wohler in dem Haus. Ich wusste, dass ich beschützt und geborgen war. Ich begann, die dicken Außenmauern des Hauses regelrecht zu lieben und es war mir, als hätte unser Haus eine Seele, die mir sehr nahe stand.

Heute erkenne ich, dass es für meine spirituelle Entwicklung sehr wichtige Jahre waren, die ich dort verbrachte. Im Schutz dieser Mauern konnte ich mich weiterentwickeln, meine künstlerische Seite entdecken, und vor allem konnte ich mich von meiner schweren Erkrankung erholen und neue Kraft schöpfen. Dies alles war einzig und allein in dieser Umgebung möglich.

Ich lebe schon lange nicht mehr dort, doch bleibe ich den Energien, die mich dort geleitet und geschützt haben, bis heute dankbar verbunden.

Viele Jahre später, als ich schon längst eine aufmerksamere Wahrnehmung für Energien entwickelt hatte, fand ich einen energetisch ebenso bedeutsamen Raum bei dem Besuch eines buddhistischen Zentrums östlich von Málaga in Andalusien. Dort war gerade ein neuer Meditations- und Übungsraum gebaut worden. Als ich diesen Raum betrat, war es so, als würde ich sofort in eine andere Bewusstseinsebene eintauchen. Die Energien in diesem Gebäude wirkten unglaublich intensiv auf mich, und am liebsten hätte ich mich sofort dort niedergelassen, um mich in Meditation zu versenken. Doch niemals kam ich allein an diesen Ort, und jedes Mal wollte ich meine Begleiter nicht »unnötig«(?) warten lassen. So verzichtete ich bisher leider bei jedem meiner Besuche darauf, meinem Bedürfnis nach innerer Stille an diesem Ort nachzugeben.

Die in Gebäuden befindlichen Energien sind jedoch auch veränderbar. Es gibt eine chinesische Wissenschaft, die Anleitungen vermittelt, wie man in Harmonie mit seiner persönlichen Umgebung leben und die Energie seiner Umgebung den eigenen Anforderungen anpassen kann. Diese Wissenschaft nennen die Chinesen Feng Shui. Feng Shui ist eine Lehre über die Nutzung geheimnisvoller metaphysischer Kräfte, die den uns umgebenden Raum erfüllen.

Die herrschenden Klassen im kaiserlichen China praktizierten jahrhundertelang Feng Shui. Diese Wissenschaft gehörte dort zur ständigen Praxis am kaiserlichen Hof und Feng Shui-Meister standen wegen ihres Wissens in hohem Ansehen.

Später kam Feng Shui mit den Chinesen, die ihre Heimat verlassen mussten, in andere Länder, zunächst nach Taiwan und Hongkong. Die Flüchtlinge und Einwanderer aus China hatten das Feng-Shui-Wissen ihrer Ahnen im Gepäck und nutzten es, um in ihrer neuen Umgebung ihr Glück zu machen. Taiwan und Hongkong wurden zu anerkannten Wirtschaftswundernationen. Viele schreiben deren großartigen Erfolg der umfassenden Anwendung von Feng-Shui-Techniken zu: die Menschen dort setzten diese Lehre nämlich nicht nur in ihren Wohnungen, sondern auch in Büros, in Fabriken und Geschäften ein.

In Hongkong prüften Feng-Shui-Meister anfänglich nur die Umgebung, um eine günstige Platzierung sicherzustellen. Gebäude wurden so ausgerichtet, dass sie den Schutz der Hügel genossen und vom symbolischen Reichtum des Wassers im Hafenbecken profitierten. Straßen wurden unter Beachtung bestimmter Symbolik gebaut, und die klassischen Vorschriften wurden strikt eingehalten. Doch als die städtische Bebauung immer mehr zunahm, mussten aus Platzmangel Kompromisse gefunden werden. Die alten Feng-Shui-Meister prüften die traditionellen Vorgehensweisen und entwickelten neue Interpretationen alter Symbole. Dieses Wissen wurde seither beständig weiterentwickelt und zunächst mündlich und ausschließlich an besonders befähigte Schüler weitergegeben. Diese berichten heute, dass die Steigerung des Einkommens zu denjenigen Wünschen zähle, die sich mit Feng Shui am leichtesten verwirklichen lassen. Jedoch weisen sie gleichzeitig darauf hin, dass das Ausmaß des mit Feng Shui erzielbaren Reichtums individuell verschieden sei und vom sogenannten »Himmelsglück« abhänge. Wenn das Himmelsglück einer Person nicht von der Art ist, dass der Betreffende

Multimillionär werden kann, dann wird ihm günstiges Feng Shui »lediglich« ein behagliches Leben ohne finanzielle Sorgen ermöglichen.

Erst unlängst ist Feng Shui als Modeerscheinung zu uns herübergeschwappt. Das in Schnellseminaren von selbst ernannten »Spezialisten« vermittelte Wissen kann dabei nur in gröbsten Ansätzen dem gerecht werden, was ein echter Feng-Shui-Meister errechnen und ausarbeiten würde. Dieses scheinbar so einfache Thema besitzt in Wahrheit eine große Tiefe. Und trotzdem gibt es sehr einfach anzuwendende Regeln, die dem Anwender einen verblüffenden Erfolg bescheren können.

Grundsätzlich gilt, dass die feinstofflichen Energien in einem Gebäude oder einem Raum frei fließen und schwingen können sollten. Niedrig schwingende, und somit schädigende Energien, sammeln sich immer in der Umgebung von Dreck und Schmutz an. Auch wenn die allermeisten von uns das Saubermachen sicher nicht zu ihren Lieblingsbeschäftigungen zählen, haben wir doch schon alle erfahren, wie viel besser wir uns fühlen, wenn wir endlich einmal wieder aufgeräumt, das Badezimmer oder die Fenster geputzt oder den Staubsauger geschwungen haben. Und es ist auch die wichtigste Voraussetzung für jede weitere Maßnahme an bestehenden, bewohnten Gebäuden, dass zunächst eine »Grundreinigung« vorgenommen wird.

Ich weiß von mir selbst und aus meinem Freundeskreis, dass eine gründlich vorgenommene Ausmistung aller

Schränke, Abstellkammern, Kellerräume, Schubladen etc. ein subjektives Gefühl der Befreiung und für sensitive Menschen deutlich spürbare Verbesserung der Raumenergie mit sich bringt. Und diese wirkt sich aus auf die Energieströme unseres gesamten Lebens. Wenn wir das aufmerksam beobachten, können wir die Auswirkungen auf unser Leben unmittelbar spüren.

Wir sind mit unserer gesamten Habe durch feinste Energiefäden verbunden. Wenn sich also unter unseren Besitztümern zu viele Dinge befinden, die wir eigentlich gar nicht brauchen, nicht benutzen, nicht lieben, dann wird deren für uns so negative Energie über diese Verbindungsstränge zu uns übertragen.

Ebenso verhält es sich mit Unordnung. Wenn zu viele Dinge in einem Raum durcheinander sind, verheddern sich auch ihre Energiefäden, durch die der Besitzer mit ihnen verbunden ist. Dies löst bei ihm Stress und Verwirrung aus, meist ohne dass er sich deren Ursache erklären könnte.

Nun will ich damit nicht sagen, dass die absolute Ordnung und Sauberkeit die Lösung all unserer Probleme wäre. Ein Zuhause, das zu aufgeräumt und geputzt ist, verhält sich energetisch steril und kann deshalb genauso problematisch werden wie eine chaotische und schmutzige Bleibe. Beide äußeren Formen sind Spiegelbilder eines in verschiedener Weise blockierten Innern.

Aufbauend auf einem von Gerümpel entmisteten Umfeld helfen viele kleine Ratschläge auch dem nicht versierten Laien. Hier einige Beispiele:

Wer zu Depressionen neigt, sollte alle nach unten hängenden Gegenstände aus seiner Wohnung entfernen und sie gegen aufgerichtete Dinge ersetzen. Damit wird die persönliche Energie ebenfalls aufgerichtet.

Wer einen Hang zu Aggressionen hat oder streitsüchtig ist, sollte die roten Bestandteile seiner Einrichtung deutlich reduzieren.

Wer alleinstehend ist und einen neuen Partner sucht, sollte Abbildungen von Einzelpersonen (z. B. Porträts von Familienangehörigen) in seiner Wohnung durch paarweise auftretende Gegenstände, bzw. Bilder von Paaren ersetzen.

Und wer sich weitergehend mit diesem Thema beschäftigen möchte, kaufe sich die entsprechende Literatur, besuche eines der zahlreichen Feng-Shui Seminare oder beauftrage einen ausgebildeten Feng-Shui-Berater. Allerdings ist hier Vorsicht geboten, die Qualität der Ausbildung in diesem Bereich lässt häufig sehr zu wünschen übrig.

Traditionelle Chinesische Medizin

Seit meiner Kindheit litt ich unter Heuschnupfen. Zwar waren die Beschwerden im Laufe der Jahre weniger intensiv geworden, aber dennoch gehörten tränende Augen und geschwollene Nasenschleimhäute seit jeher zu meinem Frühsommer. Als bei einem Abendessen ein Freund davon erzählte, wie ein Arzt ihn vor einigen Jahren mit einer Eigenblutbehandlung von seinem langjährigen Heuschnupfen befreit hatte, wurde ich hellhörig. Voller Interesse ließ ich mir die Telefonnummer dieses Arztes geben.

Einige Tage später rief ich in der besagten Praxis an und war sehr verwundert zu hören, dass man mir nicht ohne weiteres einen Termin geben könnte, sondern der Doktor mich zu gegebener Zeit zurückrufen würde. Ich fand dieses Vorgehen seltsam und vergaß die ganze Angelegenheit.

Einige Zeit später wurde ich tatsächlich von diesem Arzt angerufen. Er bot mir freundlich einen bestimmten Termin an, und ich sagte zu. Wenige Tage danach fand ich mich in einer angenehmen, ruhigen Praxis ein, wurde sogleich in das Behandlungszimmer gerufen und erfuhr nun, dass dieser Arzt sich mittlerweile auf traditionelle chinesische Medizin spezialisiert hatte und seine Patienten nun ausschließlich auf diese Weise behandelte. Da saß ich also mit meiner Erwartung einer Eigenblutbehandlung. Ich hatte noch nie von traditioneller chinesischer Medizin gehört und fragte den Arzt, ob er denn trotzdem meinen Heuschnupfen bekämpfen könnte. Das wäre überhaupt kein Problem, erwiderte er. Allergien sprächen sogar besonders gut auf diese Behandlungsform an. Wenn ich wollte, könnte ich nunmehr regelmäßig zu ihm kommen. Hier in der Praxis würde er die notwendige Akupunktur-Behandlung vornehmen, die ich dann zuhause durch Einnahme von Tees aus bestimmten chinesischen Heilkräutern ergänzen musste. Ich ließ mich auf dieses spannende Experiment ein. Die erste Behandlung begann.

Zunächst folgte das bekannte Frage-und-Antwort-Spiel zur Aufnahme der Anamnese. Doch darüber hinaus musste ich verschiedene Fragen beantworten, die mir eher ungewöhnlich schienen. Zum Beispiel wollte Herr Doktor von mir wissen, wie mein Stuhlgang wäre, ob er regelmäßig statt fände, und ob er hart oder weich wäre. Mir war es fast ein bisschen peinlich, diesem fremden Mann darauf zu antworten. Was hatte das mit meinem Heuschnupfen zu tun? Auch sollte ich schildern, welche Beschaffenheit mein Menstruationsblut hätte. War es eher dunkel oder klar und hell? Also, das hatte mich noch nie ein Arzt gefragt, nicht einmal ein Gynäkologe. Als ich dann auch noch aufgefordert wurde, meinem Gegenüber die Zunge heraus zu strecken, die dann eingehend betrachtet wurde, war ich endgültig verwirrt. Es folgte eine seltsame Form der Pulskontrolle, nämlich an den Handgelenken beider Arme, jeweils an drei verschiedenen Punkten. Gekrönt wurde diese Form der Pulsdiagnostik durch unverständliche Zeichen, die Herr Doktor auf meiner Karteikarte hinterließ. Nun schien er zu wissen, was mir fehlte und wie er mich behandeln musste. Eine weitere Untersuchung gab es nicht.

Ich wurde aufgefordert, Arme und Beine frei zu machen und auf einer bequemen Behandlungsliege Platz zu nehmen. Nun wurden an verschiedenen Stellen meines Körpers Akupunkturnadeln gesetzt. Bis dahin hatte ich mir vorgestellt, dass dies eine schmerzhafte Prozedur sein müsste, doch ich merkte gar nicht, wie die Nadeln in meine Haut eindrangen. Nachdem ich zwanzig Minuten allein im Raum meinen Gedanken nachhängen und entspannen durfte, kam der Arzt zurück, entfernte die Nadeln, überreichte mir ein Rezept mit völlig unbekannt klingenden Hinweisen und verabschiedete mich mit der Anweisung, mir aus diesen Ingredienzien in der Apotheke ein Dekokt zubereiten zu lassen, davon dreimal täglich ein Glas zu trinken und in einer Woche zur genau gleichen Zeit wieder zu kommen. Damit war ich entlassen.

Das Gebräu schmeckte extrem gewöhnungsbedürftig, aber ich hielt tapfer durch, und nach einer Woche war die große Flasche auch fast geleert. Ich ging zu meiner nächsten Behandlung.

Wieder kam ich sofort dran, und alles folgte demselben Muster. Ich wurde gefragt, wie meine Woche war und konnte –in diesem Moment selbst verblüfft über meine Antwort- berichten, dass ich mich auf der ganzen Linie einfach wohler gefühlt hatte. Nach der Pulsdiagnose bekam ich wieder meine Nadeln, nach Abschluss der Behandlung ein neues Rezept für ein Dekokt und einen weiteren Termin nach exakt einer Woche.

Dieser Ablauf wiederholte sich nun einige Wochen lang. Ich muss gestehen, dass es mir rundherum besser ging, und ich erst jetzt, wo diese sich auflösten, merkte, dass ich erhebliche Anspannungen mit mir herum getragen hatte. Die Zeit ging ins Land, der Frühsommer kam. Mein Heuschnupfen war zusammengeschrumpft auf einen vereinzelt auftretenden Niesreiz. Ich war begeistert.

Natürlich hatte ich inzwischen einiges über TCM (traditionelle chinesische Medizin) gelesen und gelernt, und mir war mittlerweile klar, dass es sich keineswegs um unerklärbaren Hokuspokus handelte.

Die traditionelle chinesische Medizin geht davon aus, dass physische und psychische Aspekte des Menschseins untrennbar miteinander verbunden sind. Immer dann, wenn diese beiden Seiten des Organismus ausgeglichen sind, stellt sich ein Gefühl von Wohlbefinden ein, das man als »Gesundheit« bezeichnen kann. Geist und Körper sind wechselseitig voneinander abhängig, und eine wichtige Rolle spielen die dem Organismus innewohnenden Heilkräfte.

In der Diagnosestellung werden die gesamten körperlichen und geistigen Zustände des Patienten und auch seine Beziehung zur Natur und zu seinem gesellschaftlichen Umfeld berücksichtigt. Die Behandlung wird nicht von Krankheitskategorien bestimmt, sondern individuell für jeden Patienten zusammengestellt.

Die Wirksamkeit der chinesischen Medikamente ist nur dann gegeben, wenn zuvor eine wirklich umfassende chinesische Diagnose erstellt wurde. Die Heilkräuter werden individuell für den einzelnen Patienten zusammengestellt, und die TCM kann sich dabei auf eine jahrtausendelange Erfahrung und eine sich über Generationen erstreckende minutiöse Aufzeichnung ihrer Wirkung auf den Menschen bedienen.

Mit dem Begriff »Qi« umschreibt die TCM die in uns schwingende und fließende Lebensenergie. Dieses Qi bewegt sich auf unzähligen Energieleitbahnen durch den Körper. Mit Hilfe der Akupunktur kann nun an bestimmten Punkten dieser Leitbahnen auf das energetische Geschehen Einfluss genommen werden. Dabei handelt es sich nicht um zufällig gewählte Ansatzpunkte, sondern über jeden einzelnen Reizpunkt kann eine ganz spezifische Beeinflussung des energetischen Gefüges erreicht werden.

Die gesamte ganzheitliche Betrachtungsweise der TCM steht in krassem Gegensatz zur westlichen Medizin. Bei uns besitzt doch jeweils derjenige Arzt das höchste Ansehen, der als Spezialist eine besonders detaillierte Kenntnis eines spezifischen Körperteils besitzt. Hier liegt der Vergleich nahe, den menschlichen Körper als eine Maschine zu betrachten und Krankheiten als Ausdruck mechanischer Pannen anzusehen. Es wird also in der Diagnosestellung und Behandlung das Augenmerk lediglich auf einen kleinen, spezifischen Teil des Körpers gerichtet.

In der TCM dagegen soll der Arzt alles, was er mit seinen Sinnen am Patienten erfassen kann, aufnehmen, festhalten und bei seiner Diagnosestellung berücksichtigen. Die Gefühlsregungen, der gesamte psychische Bereich, sind genauso zu registrieren wie die körperlichen Indizien, die organischen Symptome. Letztere werden in der TCM als Überbleibsel aus vergangenen Einwirkungen angesehen. So entsteht zum Beispiel ein Magengeschwür erst dann, wenn lange genug eine (meist psychische) Funktionsstörung vorgelegen hat. Selbst wenn diese bereits wieder verschwunden ist, bleibt als Überbleibsel das Magengeschwür. Ebenso fällt ein Karzinom nicht vom Himmel, sondern bedarf einer länger andauernden Fehlfunktion.

Die TCM nutzt zur Bewertung energetischer Abläufe Kategorien wie »Yin und Yang«, die »fünf Wandlungsphasen« und die verschiedenen »Funktionskreise«. Es würde den Rahmen dieses Buches sprengen, diese Begriffe hier im einzelnen zu erklären. Diese höchst komplexen und unserer westlichen Welt so gänzlich fremden Bewertungskriterien führen zu einer erstaunlich individuellen Diagnose. Deshalb sind bisher Versuche mehr oder weniger gescheitert, bei denen lediglich bestimmte Teile der traditionell chinesischen Behandlungsmethodik in die westliche Medizin integriert wurden. Entscheidend ist nämlich, dass jeder Therapie, die das Instrumentarium der TCM benutzt, auch eine »chinesische Diagnose« vorausgehen muss.

Idealerweise wartet man mit der traditionell chinesischen Behandlung nicht, bis schädigende Einflüsse in den Körper eingetreten sind und diesen beeinträchtigen, sondern vielmehr spielt es in der TCM auch eine große Rolle, schadhaften Einwirkungen schon in frühem Stadium gezielt entgegenzutreten. Dies ist mit Hilfe der westlichen Medizin weitaus schwieriger. Wenn es nämlich darum geht, Funktionsentgleisungen bereits in einem Stadium aufzufangen, wo sie noch keine Spuren im Organischen hinterlassen haben, hilft eben kein Großcomputer und kein Kernspintomograph, weil die bildgebenden Verfahren ja genau um diesen entscheidenden Schritt zu spät einsetzen.

Leider ruft die westliche Medizin noch immer allzu lautstark nach Statistiken, nach »messbaren« Beweisen für die Wirksamkeit gedankenfremder Behandlungsmethoden. Es ist bedauerlich, dass dabei die Schilderungen betroffener Patienten über die Erfolge der TCM zu wenig Gehör finden.

Östliche Entspannungstechniken

Als ich mich mit TCM beschäftigte, stieß ich schnell auf den Begriff »Qi-Gong«. Hierbei handelt es sich um Atem- und Bewegungsübungen, die ebenfalls Jahrtausende alt sind. In China ist Qi-Gong zu einem Bestandteil des medizinischen Versorgungssystems geworden. Ich wollte unbedingt mehr darüber wissen und meldete mich zu einem Kursus an. Dies sollte für mich der Einstieg in die Energiearbeit werden, die ich noch heute praktiziere und mittlerweile selbst unterrichte und die enorm viel zu meiner Heilung beigetragen hat.

»Qi« hat unterschiedliche Bedeutungen, so z. B. »Luft«, »Gas«, »Energie«, »Lebenskraft«, »Atem«, »Hauch«. Gong bedeutet soviel wie »Fähigkeiten«, »Fertigkeiten«, »Arbeit«, »Disziplin«, »Vermögen«, in diesem Fall steht der Begriff für »durch Übung erlangte Fertigkeit im Umgang mit Qi«. Im Qi-Gong geht es um die Aktivierung der feinstofflichen Energien mittels bestimmter jahrtausendealter Atem- und Imaginationstechniken. Bereits aus dem frühen 4. Jahrhundert stammt folgendes Zitat eines chinesischen Gelehrten: »*Der Mensch lebt inmitten von Qi, und Qi erfüllt den Menschen. Angefangen bei Himmel und Erde bis zu den Zehntausend Wesen, alles bedarf des Qi, um zu leben. Wer das Qi zu führen weiß, nährt im Inneren seinen Körper und wehrt nach außen hin schädigende Einflüsse ab.*«

Tatsächlich kann regelmäßiges Üben von Qi-Gong die Gesundheit pflegen und schützen. Grundsätzlich ist mit

Qi-Gong jede Krankheit, auch Krebs, beeinflussbar. Dabei »bekämpft« Qi-Gong keine Krankheiten, wie es unsere gängige Medizin tut, sondern versetzt durch Energieerhöhung, Energiekonzentration und verbesserten Energietransport den Körper in die Lage, mit ihnen fertig zu werden. Krebs ist eine Krankheit, deren Wurzeln sich tief im Menschen befinden und die meist eine lange Geschichte hat, bevor sie sich endlich als Tumor manifestiert. Einer der zahlreichen Gründe für die Zunahme von Krebserkrankungen in unserer heutigen Zeit ist in der ständigen Reizüberflutung, Hetze und Überanstrengung zu sehen. Aus dieser Sicht kann Qi-Gong eine echte Krebsprophylaxe sein, denn es stellt dem Immunsystem die dringend nötigen Ruhepausen und auch das Qi zur Verfügung, um mit etwaigen Krebszellen im Körper fertig zu werden.

In China hat Qi-Gong heute häufig im alltäglichen Leben seinen festen Platz. Wir alle kennen die Bilder von Menschen, die sich frühmorgens vor den Fabriktoren oder in den öffentlichen Parks versammeln, um gemeinsam und ganz selbstverständlich den Tag damit zu beginnen, Qi aufzunehmen, durch den Körper zu leiten und dadurch Kraft zu sammeln. Qi-Gong dient dem Ziel, das Qi des Menschen zu nähren, zu pflegen und zu kultivieren.

Grundsätzlich wird zwischen »hartem« und »weichem« Qi-Gong unterschieden. Bei der Betonung des gesunderhaltenden und gesundheitsfördernden Aspektes wird von »weichem« Qi-Gong gesprochen. Bei der stärkeren Betonung der Kampfkunst handelt es sich um »hartes« Qi-Gong.

Des weiteren unterscheidet man in »Jinggong« (Übungen in Ruhe) und »Donggong« (Übungen in Bewegung) sowie »Jingdonggong« (Übungen in Ruhe und Bewegung). Das »Jinggong« wird bei äußerer Bewegungszurückhaltung im Sitzen, Stehen oder Liegen ausgeführt. Dabei liegt die Konzentration auf einer intensiven Wahrnehmung und Steuerung der »inneren Bewegung«. Das »Donggong« wird in fließenden, anmutigen, runden und stetigen Bewegungen ausgeführt. Auch können Aspekte der Akupressur und der Massage vorkommen. Das »Jingdonggong« kombiniert Elemente beider Richtungen.

Auch Tai-Chi, das in enger Verwandtschaft zum Qi-Gong steht, jedoch der Kampfkunst entspringt, und das Indische Yoga sind sinnvolle Methoden, die eigenen Energien zu aktivieren und zielgerichtet zu leiten.

Beim Yoga haben wir es ebenfalls mit einem Oberbegriff zu tun, der viele verschiedene Formen und Ausprägungen der Ausführung hervorgebracht hat. Die im Westen verbreitetste Methode ist das Hatha-Yoga, eine Form des Yoga, die zunächst größeren Wert auf Körperübungen, Entspannung und Atempraktiken legt als auf spirituelle Weiterentwicklung. Dies mag wohl auch der Grund dafür sein, dass es den meisten westlich orientierten Menschen zunächst näher liegt als das sogenannte Raja-Yoga, dessen Ausrichtung auf die Erschließung ungenutzter geistiger und spiritueller Dimensionen durch Konzentrations- und Meditationstechniken abzielt.

Interessierte werden zu allen Methoden unzählige Kurse in ihrer Nähe und zahlreiche Bücher zu diesem Themenbereich finden. Der interessierte Anfänger sollte sich nicht scheuen, die verschiedenen Richtungen in Probestunden zunächst zu testen und sich später im Laufe des Übungsfortschritts ernsthaft zu fragen, ob er sich bei der gewählten Methode wirklich »zuhause« fühlt und notfalls die Übungsrichtung zu wechseln. Im Prinzip haben alle angesprochenen Methoden die gleiche Zielrichtung, doch nicht jeder Weg fühlt sich für jeden Übenden gleichermaßen richtig an. Auch die heutzutage immer häufiger werdenden Mischformen verschiedener, früher streng getrennter Stilrichtungen sind durchaus einen Versuch wert.

Der Vorteil all dieser Methoden liegt darin, dass der Übende nicht viel Platz und keine Geräte benötigt, somit täglich und auch auf Reisen üben kann und dass dabei kein Zwang zur Erreichung bestimmter Leistungen besteht. Der Atem und die persönliche Beweglichkeit bestimmen die Ausprägung der durchgeführten Übungen. Es handelt sich also um individuell sich sehr unterschiedlich entwickelnde Maßnahmen.

Besonders leicht zu lernen und wirkungsvoll sind auch die »5 Tibeter«. Dabei handelt es sich um ein einfaches Energie- und Fitnessprogramm, das seinen Ursprung im Yoga hat. Es besteht aus fünf einzelnen sich ergänzenden Bewegungsabläufen. Die Kombination mit einer ruhigen und tiefen Atmung sowie mit positiven, lichten Gedanken intensiviert die Wirkung. Viele Anwender dieser Übungen berichten über harmonisierte und vitalisierte Organfunktionen, über äußere und innere Fitness.

Ungeachtet der gewählten Methode kann ich jedem Interessierten nur ein tägliches Üben ans Herz legen. Dazu können zehn Minuten am Tag durchaus ausreichend sein. Und in unserer von Hektik und Ablenkung beherrschten Welt ist das geistige Einstimmen auf die jeweilige Übungsreihe dabei von größter Wichtigkeit. In meinen Kursen achte ich darauf, dass alle Teilnehmer zunächst einmal im Raum und bei sich selbst »ankommen«, bevor wir mit dem Üben beginnen. Dazu gehört die Loslösung vom Alltag und das Einnehmen einer entspannten Grundhaltung, innerlich wie äußerlich. Dieser Aspekt ist für viele Kursteilnehmer oft die schwierigste Hürde, und häufig nimmt diese Phase den größten Teil der Übungszeit ein, besonders am Anfang der Einstiegskurse. Aber ich kann jedem ernsthaft Übenden versprechen, dass sich das Überwinden dieser Hürde lohnt. Im Laufe der Wochen, Monate und Jahre der Praxis wird es immer leichter, sich relativ übergangslos auf diese Entspannungsformen einzulassen. Und Körper und Seele werden mit einem extrem gesteigerten Wohlbefinden belohnt, während der Geist zur Ruhe kommt und in seine Mitte findet. Dies zeigt sich langfristig in größerer Gelassenheit im Leben des Übenden.

Astrologie

Irgendein Gespräch machte mich eines Tages neugierig auf Astrologie. Ich rede hier nicht von den allgemein gehaltenen und nichtssagenden Ratschlägen in den entsprechenden Spalten von Zeitungen und Zeitschriften. Vielmehr hatte ich irgendwo aufgeschnappt, dass es möglich sei, ein Basishoroskop zu berechnen, das über die Sterne-Konstellation zum Zeitpunkt der Geburt genauen Aufschluss über die grundsätzlichen Herausforderungen, Stärken und Lebensaufgaben eines Menschen geben kann. Ich überwand die geheimen Ängste vor den Enthüllungen eines solch seriösen Horoskops und übergab einer entsprechend ausgebildeten Freundin meine Daten. Zur Erstellung eines individuellen Horoskops ist es nicht nur wichtig, das Geburtsdatum und den Geburtsort zu kennen. Eine besonders wichtige Rolle spielt auch die Geburtszeit. Wer seine Geburtszeit nicht kennt, kann diese übrigens bei dem für den Geburtsort zuständigen Standesamt erfragen. Es ist erstaunlich, wie weit deren Aufzeichnungen zurück reichen. Ein Versuch lohnt sich.

Wir trafen uns wieder, nachdem meine Freundin meine Daten sorgfältig ausgewertet hatte. Und es war höchst erstaunlich, was sie mir bei der Interpretation alles präsentierte. Auf Grund der Stellung von Sonne und Mond und anderen Planeten in meinem Horoskop konnte sie mir punktgenau sagen, welche offenen und verborgenen Charakterzüge sich in mir manifestieren. Alles was sie mir aufzählte, traf haargenau zu, nicht alles jedoch war mir angenehm. Dann sprach sie davon, dass ich meine Erfolge im künstlerischen Bereich haben würde. Ich hatte bereits seit Jahren künstlerisch gearbeitet. Dies hörte ich also gern. Weiter wurde mir jedoch eröffnet, dass meine Lebensaufgabe im spirituellen Bereich läge. Nun, das wies ich weit von mir! Von der christlichen Religion hatte ich mich bereits Jahre zuvor abgewendet, da mir zum einen die kirchlichen Strukturen nicht gefielen, zum anderen zu viele Fragen, die ich in mir trug, unbeantwortet blieben. Die gerade sehr populäre Esoterikwelle wurde von mir in meiner Unwissenheit kategorisch abgelehnt. Ich hielt mich an dem Vorurteil fest, dass sich dort nur Spinner tummeln, die sich in weite, unförmige Gewänder hüllen. Und ausgerechnet ich sollte also etwas Spirituelles in mir tragen?! Ich wies diesen Gedanken weit von mir und lebte mein Leben weiter wie bisher. Doch ich sollte eines Besseren belehrt werden. Das Leben trieb mich konsequent meiner Lebensaufgabe entgegen.

Die Astrologie ist eine weitreichende Wissenschaft und wurde in ihren Anfängen von den Priestern Babyloniens entwickelt. Später, mit zunehmend präziseren Detailinformationen aus der Astronomie konnte das Denkmodell immer genauer ausgearbeitet werden.

In babylonischen Zeiten richtete sich die Astrologie überwiegend auf die Beantwortung kollektiver Fragen der Staatsführung und auf die Wettervorhersage. Etwa im 6. Jahrhundert vor Christus entstand die persönliche Astrologie. Diese neue und verfeinerte Sicht- und

Deutungsweise wurde hauptsächlich von den Griechen entwickelt. Das älteste in Keilschrift erhaltene persönliche Horoskop soll die Planetenstände des 29. April 410 v. Chr. dokumentieren.

Der wohl bedeutendste Astrologe der Antike war Claudius Ptolemäus in Alexandria. Seine »vier Bücher« waren bis zum Ende der Renaissance die Grundlage der Astrologie. Astrologie war eine Zeit lang eine anerkannte Wissenschaft, mit der sich sogar Päpste befassten. Doch auf dem Konzil von Toledo verdammte die westliche Kirche den Glauben an die Sterndeutung und ebnete damit den Boden für die Verfolgung ihrer Anhänger. In der arabischen Welt indes wurde die Astrologie gepflegt und weiter entwickelt, nicht zuletzt mit Hilfe aus Athen geflohener Astrologen und Gelehrten.

Erst am Anfang des zweiten Jahrtausends unserer Zeitrechnung tauchten vereinzelt wieder alte astrologische Texte im Heiligen Römischen Reich auf. Doch die Kirche blieb gegenüber den persönlichen Horoskopen, die das Schicksal eines Menschen beschrieben, ablehnend. Allerdings konnte der natürliche Einfluss der Sterne auf das Wetter, auf Naturkatastrophen, auf Flora und Fauna und auf die Erde als Ganzes nicht länger geleugnet werden. Im Mittelalter galt es als selbstverständlich, dass jeder gebildete Mensch auch Kenntnisse der Astrologie erwarb. Zahlreiche Päpste ließen sich nun wieder von Astrologen beraten, und einer von ihnen, Papst Leo X., veranlasste gar die Gründung eines Lehrstuhls für Astrologie an der Universität von Rom.

Doch mit der Aufklärung des 17. Jahrhunderts verblasste der Einfluss der Astrologie. Forschung bezog sich fortan nur noch auf messbare Fakten, und die Astrologie verfiel immer mehr der Lächerlichkeit.

Erst in der neu geschaffenen Symbiose mit der Wissenschaft der Psychologie genießt die Astrologie jüngst wieder mehr Popularität. Glücklicherweise wird niemand mehr verfolgt und verhöhnt, der sich ein individuell gedeutetes Horoskop erstellen lässt. Hier gibt es die Möglichkeit, die Auswertungen durch ausgeklügelte Computerprogramme erstellen zu lassen. Aber am treffsichersten ist noch immer die persönliche Interpretation eines guten und erfahrenen Astrologen. Die Grundlage ist dabei immer das Geburtshoroskop, in dem die Sternenkonstellationen am Ort und zum Zeitpunkt der Geburt aufgezeichnet ist. Aus dieser Zeichnung erarbeitet der Spezialist eine detaillierte Zusammenstellung der wichtigsten Charakterzüge und Aufgaben des Betroffenen. Außerdem findet sich hier die Grundlage für alle weiteren Prognosen, wie berufliche Vorausschau, Partnerhoroskop, Jahreshoroskop etc. Bei der Wahl des Astrologen ist man sicher am besten beraten, wenn man auf die Empfehlung von Freunden oder Bekannten zurück greifen kann. Andernfalls sollte man dringend auf seine innere Stimme lauschen, wenn man ohne einen solchen Ratschlag versucht, sich aus der Masse der Anbieter den richtigen Berater herauszupicken. Die, die hier am lautesten schreien, sind oft nicht die besten Experten. Und die Deutung eines Horoskops kann eben nicht weiter reichen als der Horizont des Deutenden, denn Kenntnisse der Psychologie des Menschen sind bei der Interpretation unverzichtbar.

Neben den uns allen bekannten »Sternzeichen« ist für das Deuten eines Horoskopes besonders der »Aszendent« wichtig. Bei Menschen, die bei Sonnenaufgang geboren wurden, sind diese beiden Zeichen identisch, bei allen anderen können sie leicht errechnet werden. Es handelt sich um das Zeichen, welches sich zum Zeitpunkt und am Ort der Geburt am östlichen Horizont erhebt (lat. ascendere = aufsteigen). Das Horoskop arbeitet heute mit den zwölf Häusern, die ihre natürliche Entsprechung in den zwölf Tierkreiszeichen haben, sowie den Planeten Sonne, Mond, Merkur, Venus, Mars, Jupiter, Saturn, Uranus, Neptun und Pluto, nicht zuletzt deren Stellung zueinander, genannt Konjunktion, Sextil, Quadrat, Trigon und Opposition. Bei der Erarbeitung einer Prognose für einen bestimmten Zeitraum spielen außerdem noch die Bewegungen der Planeten im betreffenden Zeitraum, die Transite, Direktionen und Solare, eine Rolle. Wer sich die Bedeutung dieser Begriffe erschließen möchte, der mag einen der zahlreich angebotenen Astrologie-Grundkurse belegen, die ein gutes Basisverständnis vermitteln können.

Seelenverwandte und vertraute Plätze

Nach meinen ersten Annäherungsversuchen an neue Sichtweisen des Lebens und meiner Person, schubste mich das Leben weiter in die richtige Richtung. Meine Freundin Angie hatte ich auf damals noch sehr ungewöhnliche Weise kennengelernt, nämlich über das Internet. Zu jenem Zeitpunkt begann das Internet gerade erst seinen Siegeszug durch heimische Computer, und ich war buchstäblich gerade erst kurz zuvor online gegangen, als ich im Gästebuch einer Hamburger Tageszeitung den Eintrag einer Frau las, die aus dem schönen Kapstadt ihre alte Heimat Hamburg grüßte. Nun war ich selbst gerade viele Wochen in Kapstadt gewesen, und der Impuls, mich bei dieser fremden Frau zu melden war sofort übermächtig. Obwohl ich nicht wissen konnte, ob wir uns etwas zu sagen haben würden, nahm ich Kontakt auf. Wir schrieben uns einige Male, und hatten sofort »einen Draht zueinander«. Wir entstammen sogar dem gleichen Geburtsjahrgang. Angie lebte in Südafrika und ich flog nach Kapstadt, um sie persönlich zu treffen. Sie war mir von Anfang an sehr vertraut, so als hätte ich sie schon lange gekannt. Wir hatten wunderschöne Tage zusammen und viele interessante Gespräche. Diese »zufällig« gefundene Freundin brachte fortan meinem Leben immer wieder wichtige Impulse zu meiner spirituellen Weiterentwicklung.

Bei einem unserer ersten Gespräche fiel das Wort »Rückführung«. Ich hatte keine Ahnung, worum es sich dabei handelte und war erschrocken und fasziniert zugleich von ihren Schilderungen. Sie hatte sich bei einer solchen Rückführung in ein früheres Leben versetzen lassen und viele Dinge gesehen, die ihr geholfen hatten, die Probleme in ihrem aktuellen Leben zu verstehen.

Bis zu diesem Zeitpunkt hatte ich nicht darüber nachdenken mögen, ob wir nur ein einziges, klägliches Mal auf dieser Erde weilen, oder ob, warum und wie wir weiter existieren oder sogar wiederkehren. Doch ihre Erzählungen brachten eine tief in mir verborgene Saite zum Klingen, und ich merkte schnell, dass Angie mir nicht zufällig begegnet, sondern genau zum richtigen Zeitpunkt in mein Leben getreten war.

Später sollte sie sogar noch eine ganz wichtige Rolle spielen bei der Wegbereitung zu meiner Genesung.

Ein Nebeneffekt dieser Begegnung war, dass ich mich in das Land Südafrika verliebte. Ich hatte das feste Gefühl, hierher zu gehören und vielleicht schon viel früher hier gewesen zu sein. Als ich später einige Zeit in Andalusien lebte, konnte ich auch deshalb dort heimisch werden, weil die Küstenlandschaften mich so oft und intensiv an Südafrika erinnerten. Dieses »Heimatgefühl«, das in den Tiefen meiner Seele nistete, begegnete mir insgesamt in meinem Leben an unterschiedlichsten Stellen und Orten, an die ich »zufällig« gelangt war.

Einige Jahre lang machte ich mit meinem Mann regelmäßig Erholungsurlaub auf der Insel Mauritius im Indischen Ozean. Dort, wie an vielen Orten dieser Welt, herrscht ein ganz besonderer Duft, zusammengesetzt aus dem Meer, den Tieren und den Pflanzen, die dort heimisch sind. Bereits beim allerersten Besuch auf dieser Insel, die ich so sehr lieben lernte, »erkannte« ich diesen Geruch, obwohl noch niemals zuvor eine solche Aromenmischung meine Nase berührt hatte. Ohne dass ich es hätte benennen können, wusste ich, dass ich einen vertrauten Ort gefunden hatte.

Einige Jahre später fand ich mich bei meinen intensiven Meditationen häufig auf dieser Insel wieder und sollte bei einer solchen Gelegenheit hier meinem Seelenführer, meinem Animus, begegnen.

Besonders intensiv war das Gefühl der Verbundenheit, als ich das erste Mal das jahrhundertealte Bauernhaus in der Lüneburger Heide betrat, das in den darauf folgenden Jahren so wichtig für meine weitere Entwicklung werden sollte. Sofort hatte ich das Gefühl, mit diesem fremden Haus verbunden zu sein, und ich »musste« es einfach kaufen, jeder Vernunft zuwider handelnd. Hier begegnete ich meinem Lebensgefährten, hier lebte und arbeitete, hier liebte und litt ich mit ihm und ahnte zunächst nicht, dass uns ein altes Karma verband, das aufzulösen ich in diesem Leben angetreten war. Vor langer Zeit war er der erste Bewohner dieses Hauses gewesen, und an diesem Ort war ich selbst in verschiedenen früheren Leben bereits oft mit ihm zusammengetroffen. Hier hatte ich gelebt, geliebt, sogar gemordet und vor allem: Hier war ich einst von einer Gruppe Männer auf dem Scheiterhaufen verbrannt worden, lange bevor das Haus gebaut worden war. Doch all das sollte ich erst einige Jahre später herausfinden. Zunächst wusste ich nichts von der Bedeutung unserer Verbindung an diesem bedeutungsvollen Ort. Umso eindrucksvoller erscheint mir im Rückblick, dass ich bereits wenige Monate nach meinem Einzug in das Haus eine Kurzgeschichte schrieb, in der ich von einer Verbindung zwischen mir, meinem Lebensgefährten, »unserem« Haus und der Bedeutung von Feuer berichtete. Beim Verfassen dieser Geschichte hatte ich das ausgeprägte Gefühl, beim Schreiben »geführt« worden zu sein. Die Geschichte hatte sich einfach entwickelt, ich schrieb sie »automatisch« nieder, ohne mir viel Gedanken darüber zu machen, wie sie weitergehen würde.

Die Geschichte geht so:

Der Mann und das Haus

»Schon lange hatte ich diese Liebe im Herzen getragen, nur hatte ich nie gewußt, wem ich sie hätte schenken sollen. Die Männer, die sich in meinem Leben tummelten, waren einfach nicht geeignet als Empfänger für ein solch kostbares Gefühl. Zwar wollten mich viele für sich gewinnen, manche wollten mich besitzen wie ein Gemälde oder sonst ein kostbares Stück. Manche meinten sogar, mich zu lieben und wurden ganz unglücklich, wenn ich mich nicht darüber freuen konnte. Doch keiner von ihnen erreichte je mein Innerstes. Ich flirtete, war charmant oder kokett, ließ mich ausführen, amüsierte mich und mein Gegenüber, verbrachte gar einige Jahre in einer makellos wirkenden Lebensgemeinschaft. Doch ich lebte nicht wirklich. Mein Herz blieb verschlossen. Etwas zu Kostbares befand sich

darin, das ich wie einen Schatz hütete in der Hoffnung, es eines Tages zum Leben erwecken zu können.

Manchmal überkam mich diese hoffnungslose Traurigkeit, die ich mir und meiner Umgebung so gar nicht erklären konnte, denn ich wurde älter und hatte wohl Angst, dass dieser Schatz eines Tages mit mir begraben werden würde, ohne je herausgeholt worden zu sein. Meine Angst war unbegründet.

Als ich zum ersten Mal sein Haus betrat, umfing mich eine Aura, die mir seltsames Herzklopfen verursachte. Dann trat er in mein Leben. Ich sah nur seine Augen und spürte eine seltsame Vertrautheit. Ein Schauer rann mir über den Rücken, einen kurzen Moment lang nur, dann schüttelte ich meine Verwirrung ab und ging zwei Schritte auf ihn zu. Ich gab ihm die Hand und stellte mich vor, so wie es sich gehört, wenn man einem Menschen das erste Mal begegnet. Ich war gekommen, weil ich mich für sein Haus interessierte. Er wollte es verkaufen. Es war also ein ganz und gar geschäftlicher Besuch. Der Mann führte mich und meinen Begleiter herum, und ich spürte schnell, dass Haus und Mann eine unzertrennbare Einheit bildeten. Ich fühlte mich gleichzeitig wohl und beklommen und kam mir vor, als täte ich etwas Verbotenes, als ich die einzelnen Räume begutachtete, fast so, als hätte ich unerlaubt ein Geheimnis gelüftet. Der Mann strahlte eine starke Dominanz aus, die mich faszinierte und mich vielleicht sogar ein wenig verunsicherte und einschüchterte. Auf jeden Fall war er rätselhaft, und ich verspürte sofort den Wunsch, mehr über ihn zu erfahren. Doch der erste Besuch war nur kurz. Nachdem wir alles gesehen hatten, machte ich noch einige Fotos und versprach, mir die Sache durch den Kopf gehen zu lassen. Auf der Rückfahrt wollte mein Begleiter über das Haus sprechen, doch ich hatte nur den Wunsch, in Ruhe gelassen zu werden. Ich wusste nicht, was geschehen war, aber ich fühlte mich bis tief ins Herz berührt. So etwas war mir noch nie passiert.

Danach fuhr ich öfter zu dem Mann und seinem Haus. Er hatte auch eine Familie, so wie ich. Mit der Zeit lernten sich alle kennen, und auch die Verhandlungen über den Hauskauf schritten fort. Währenddessen ahnte Niemand, dass etwas sehr Besonderes geschehen war. Auch ich selbst hatte keine Ahnung. Ganz langsam und nur ein winziges Stück hatte sich in meinem Inneren die Tür zu dem Schatz in meinem Herzen geöffnet. Ich war endlich dem Menschen begegnet, der die Macht hatte, diesen Schatz hervorzuholen. Doch ich ahnte es noch nicht einmal. Ich wollte ja nur ein Haus kaufen, um darin ein neues Leben zu beginnen. Ein Leben ohne meine Familie. Es war ein aufregender und wichtiger Schritt für mich.

Am Ende wurden wir uns einig, und ich kaufte das Haus. An dem Tag, als wir den Vertrag unterschrieben, ahnte ich zum ersten Mal, dass dieser Mann mehr für mich sein würde als nur einfach ein Geschäftspartner. Wir saßen alle miteinander in seinem Auto, um nach der Vertragsunterzeichnung in ein Lokal zu fahren und den Abschluss zu feiern. Ich saß vorne neben ihm und hatte das Gefühl, wir zwei wären ganz allein. Er war mir so seltsam vertraut, dass es mich ein wenig erschreckte. Als wir schließlich alle miteinander beim Abendessen saßen, wünschte ich mir *sehnlichst, mit ihm allein zu sein. Es ging doch eigentlich nur um uns. Die Anderen, unsere Familien, waren nur Staffage dabei. Natürlich sprach ich nicht aus, was mich bewegte und ließ es mir auch nicht anmerken. Man gratulierte mir zu dem Hauskauf, und wieder hatte ich das sichere Gefühl, der Mann und sein Haus wären eigentlich eine unzertrennliche Einheit. Durch mein Herz zog eine unerklärliche Mischung aus Vorfreude und Traurigkeit, so als ahnte ich bereits, was geschehen würde.*

Einige Wochen später sahen wir uns wieder. Es war der Tag der Hausübergabe. Der Mann zeigte und erklärte mir alles, was wichtig war, und als er mir die Schlüssel übergab und sich verabschiedete, fühlte ich mich, als hätte ich etwas Verbotenes getan. Er gab mir seine neue Telefonnummer und bot mir an, ihn anzurufen wann immer ich noch eine Frage hätte. Als er ging, spürte ich einen feinen Stich im Herzen. »Geh nicht«, wollte ich rufen, und ich konnte mir gar nicht erklären, warum ich mich so verlassen fühlte.

Nun war ich allein in meinem neuen Haus. Ich durchstreifte alle Räume, und mehrmals schreckte ich zusammen und sah mich um, weil ich gemeint hatte, jemand stünde hinter mir. Seltsam.

Das Haus war stark renovierungsbedürftig, und ich begann Umbaupläne zu schmieden. Im Laufe der nächsten Tage stellte ich schnell fest, dass die Renovierungsarbeiten ziemlich umfangreich werden würden. Das Haus war mehrere hundert Jahre alt, da musste an allen Stellen mit unliebsamen Überraschungen gerechnet werden. Mir wurde ein bis-

schen mulmig bei dem Gedanken, was da so alles auf mich zukommen konnte. Als ich eine Frage zur Heizungsanlage hatte, besann ich mich auf sein nettes Angebot und rief den Mann an. Im Laufe des Gesprächs erwähnte ich auch meine Bedenken hinsichtlich der Schwierigkeiten bei der Renovierung. Er lachte und bot mir an, mir mit Rat und Tat zur Seite zu stehen. Er würde das gerne tun, meinte er. Und schließlich kenne Niemand das Haus so gut wie er. Das stimmte. Ich nahm sein Angebot an.

Bereits am nächsten Morgen erschien er in Arbeitskleidung, und wir besprachen, was zu tun sei. Er machte einige Vorschläge, und seltsamerweise stimmte ich ihm in allem sofort zu. Ich hatte das sichere Gefühl, dass er am besten wusste, was zu tun war. Seine Hilfe war für mich von unschätzbarem Wert, er kannte für jede Maßnahme den richtigen Handwerker, überwachte alle Arbeiten und verbrachte selbst unzählige Stunden mit Maurer- und Tischlerarbeiten. Jeden Morgen, wenn er das Haus betrat, fühlte ich eine Mischung aus Aufgeregtheit und Beklommenheit. Er war faszinierend und geheimnisvoll, und ich wollte ihn unbedingt besser kennen lernen.

Dies passierte im Laufe der nächsten Wochen ganz automatisch. Wir hatten uns angewöhnt, den Tag mit einer gemeinsamen Tasse Kaffee zu beginnen und dabei zu plaudern. Er war ein angenehmer Gesprächspartner, und schon bald waren wir so vertraut, dass wir begannen, uns von unseren unerfüllten Lebensträumen zu erzählen. Wie sehr sich unsere Träume und unsere davon so weit entfernten Realitäten ähnelten. Schnell stellten wir fest, dass wir beide die Sehnsucht im Herzen trugen, uns endlich einmal aller fesselnden Konventionen zu entledigen. Wir waren uns sehr ähnlich, und das verband uns jeden Tag mehr.

Währenddessen schritt der Hausumbau zügig voran. An allen Ecken wurde gehämmert und gesägt, verputzt und gefliest. Langsam ließ sich erahnen, in welcher Pracht sich das Haus bald zeigen würde. Zwar fragte mich der Mann stets, wenn es um die Detailabsprachen ging, doch eigentlich überließ ich ihm willig die Regie. Seine Vorschläge waren immer sehr gut, und warum sollte ich dann etwas gegen seine Ideen haben? Waren wir doch einmal verschiedener Ansicht, überzeugte er mich meist davon, dass seine Vorstellungen praktikabler waren als meine.

Während all dieser Zeit war ich sehr glücklich in meinem neuen Haus. Inzwischen hatte ich meine Familie verlassen, ein wichtiger Schritt, der nach einem unendlich langen Entscheidungsprozess gelungen war. Ich bewohnte zwei der unzähligen Räume meines neuen Heims. Obwohl ich auf einer Baustelle lebte, fühlte ich mich wohl und sah der Zukunft mit froher Zuversicht entgegen. Und zunächst wunderte ich mich auch gar nicht darüber, dass ich trotzdem an den Abenden ein unangenehmes Gefühl der Wehmut und Leere verspürte. Erst langsam wurde mir klar, dass das Haus seine Ausstrahlung änderte, sobald der Mann am Abend nach Hause gefahren war. Es war, als lebte es nur durch ihn. Und ich begann, bereits am Abend seine Ankunft am nächsten Morgen herbeizusehnen. Meine Nächte waren neuerdings erfüllt von ruhelosen Träumen, und oft –sehr oft- wachte ich schweißgebadet und verstört auf, weil ich einen immer wiederkehrenden Alptraum hatte, in dem am Ende mein schönes Haus in Flammen aufging. Wenn der Mann am Morgen nach einer solchen Alptraumnacht die Küche betrat, sah er mich oftmals mit einem wissenden Lächeln an, und die Frage, ob ich gut geschlafen hätte, bekam einen seltsamen Beigeschmack. In solchen Momenten war der Mann mir unheimlich. Aber schon wenige Minuten später hatte ich dieses Gefühl stets wieder vergessen, und wir arbeiteten voller Freude und Elan an der Realisierung des Umbaus.

Immer öfter passierte es, dass der Mann nach Feierabend noch ein bisschen länger blieb. Wir tranken dann ein Glas Wein zusammen und führten endlose Gespräche. Die Themen gingen uns nie aus, und es ließ sich nicht mehr leugnen, dass wir uns ungewöhnlich stark zueinander hingezogen fühlten, wie die verschiedenen Pole zweier Magneten. Eines Abends kam es, wie es hatte kommen müssen. Wir saßen bei Kerzenlicht und Wein und hatten stundenlang geredet. Der Zeitpunkt, an dem er hätte nach Hause fahren müssen, war längst verstrichen. Plötzlich sahen wir uns schweigend tief in die Augen, und es war ganz selbstverständlich, dass ich aufstand und zu ihm ging und er mich in den Arm nahm. Die Welt drehte sich um mich, und ich war endlich Zuhause. In diesem Haus. Bei diesem Mann. In diesen Armen. Als wir uns liebten, war es die selbstverständlichste Sache der Welt. Seine Liebe war voller Wärme und Kraft und Zärtlichkeit, und sie war genauso wie ich sie mir immer erträumt, aber noch nirgendwo gefunden hatte.

Ich schlief in seinen Armen ein und fühlte mich geborgen wie ein behütetes Kind. Zwar gab es da noch immer seine Familie, und dass er hier bei mir war, durfte eigentlich nicht sein. Und doch empfanden wir beide es als die natürlichste Sache der Welt. Allerdings erwachte ich irgendwann in dieser Nacht, als er sich gerade anzog. »Ich muss zurück«, sagte er. »Sie warten auf mich.« Wie mit einem Hammerschlag hatte die Wirklichkeit mich eingeholt. Wie hatte ich nur glauben können, dieser wunderbare Mann würde tatsächlich bei mir bleiben. Ich schluckte tapfer meine Tränen der Enttäuschung hinunter und begleitete ihn zur Tür. Es war kalt im Haus. Ich fröstelte. Zum Abschied nahm er mich noch einmal in den Arm. Und plötzlich schien das Haus wieder in wohliger Wärme zu erstrahlen. »Sei nicht traurig, dass ich gehe«, sagte er. »Alles wird gut.« Mit diesen Worten und einem eindringlichen und wissenden Blick aus seinen warmen Augen ließ er mich zurück. Ich ging wieder ins Bett und fühlte auch dort noch seine Wärme. »Alles wird gut«, hatte er gesagt. Und obwohl ich gar nicht wusste, wie diese Worte eigentlich gemeint gewesen waren, fühlte ich, dass er Recht hatte. Welch ein Irrtum.

Nun sahen wir uns noch häufiger als zuvor. Immer öfter fand er Entschuldigungen, um nicht zu seiner Familie zurückkehren zu müssen und bei mir bleiben zu können. Wir erlebten Tage voller fröhlicher gemeinsamer Arbeit, voller Nähe und Einvernehmen. Wir verbrachten die Abende in anregender Zweisamkeit bei vertrauten Gesprächen, und wir waren berauscht von den Nächten voller Liebe, Wärme und Zärtlichkeit. Ich liebte. Wirklich und wahrhaftig. Und ich wurde geliebt. Diese Liebe war perfekt, und die Tür zu meinem Herzen war endlich weit offen.

Das Haus wurde schließlich fertig. Ich war sehr stolz auf das Ergebnis und feierte dies ausgelassen mit meinen Freunden. Dann wurde es endlich ruhig in meinem Haus, und ein neuer Alltag erfasste mein Leben. Ich war glücklich in der neuen Umgebung und begann, mich wieder meiner Arbeit zu widmen. Viel zu lange hatte ich kein Buch mehr geschrieben, und mein Verlag wollte endlich wieder Ergebnisse sehen. Ich arbeitete konzentriert und kam gut voran. Morgens früh setzte ich mich in mein neues Arbeitszimmer und schrieb bis zum Mittag. Die Nachmittagsstunden verbrachten der Mann und ich gemeinsam, wir machten lange Spaziergänge in der Umgebung oder blieben bei schlechtem Wetter einfach im Haus. Wir kochten gemeinsam, wir lachten miteinander, und wir liebten uns.

Immer wieder meinte ich zu spüren, dass das Haus seine Ausstrahlung veränderte, sobald der Mann es betrat. Dann schien die Wärme wärmer zu strahlen und das Gemäuer dem Wind besser zu trotzen. Aber das konnte ja nur Einbildung sein. Trotzdem war es schon merkwürdig, dass, wenn ich alleine war, häufig die Kerzen vor den Fenstern im Zugwind flackerten. War er bei mir, dann brannten sie still und ruhig. Auch die Heizung lief in solchen Stunden ohne Probleme. Sie fiel jedoch oft aus, wenn ich alleine im Haus war. Und das Kaminfeuer, das immer so gemütlich prasselte, wenn wir gemeinsam davor saßen, glimmte lediglich kläglich vor sich hin, sobald es mich nur alleine wärmen sollte. Diese Begebenheiten verstärkten in mir das Verlangen nach der Nähe des Mannes. Sogar meine Seele und mein Herz schienen um einige Grade abzukühlen, sobald er gegangen war. Und er ging noch immer regelmäßig.

Inzwischen wünschte ich mir nichts mehr, als ihn zu halten. In diesem Haus und in meinem Leben.

Im Laufe der Zeit begannen wir tatsächlich, ein neues, gemeinsames Leben zu planen. Er versprach, seine Familie zu verlassen und ganz zu mir zu kommen. Unser Zusammensein war so harmonisch und schön, dass ich voller Glück in die Zukunft sah. Doch es sollte anders kommen.

An dem Abend, als er endgültig bei mir einziehen wollte, hatte ich ein besonders festliches Essen vorbereitet. Der Tisch war gedeckt, die Kerzen brannten, der Wein war geöffnet. Dann klingelte das Telefon. Eine fremde Stimme teilte mir mit, dass der Mann schwer verletzt im Krankenhaus lag und eindringlich verlangte, mich zu sehen. Eine kalte Faust griff nach meinem Herzen. Wie in Trance fuhr ich zum Krankenhaus. Eine Schwester sagte mir, dass er mit schweren Verletzungen nach einem Autounfall eingeliefert worden sei und wegen der Lungenschädigungen die Nacht wohl nicht überleben würde. Ich wollte nicht glauben, was ich da hörte und lief zu ihm. Er atmete schwer und mühsam, doch als er mich erkannte, lächelte er. Ich nahm seine Hand. Noch war sie warm und sein Händedruck kräftig.

»Bleib bei mir«, flüsterte er mit großer Anstrengung. »Es dauert nicht mehr lange.«

»Was redest du da?« fragte ich. »Du wirst bald wieder gesund.«

Aber er schüttelte den Kopf.

»Ich war auf dem Weg zu dir, nach Hause. Ich hatte mich so auf unsere Zukunft gefreut. Ich hab wohl nicht aufgepasst. Es tut mir leid. Es wäre so schön mit uns gewesen. Aber wir hatten keine Chance.«

Er sagte das alles ganz klar und voller Überzeugung.

»Aber nein«, erwiderte ich. »Die Ärzte kriegen dich wieder hin.«

Doch er schüttelte den Kopf und sagte mit großer Anstrengung:

»Ich sterbe. Behalt mich lieb. Du hast mir sehr viel bedeutet.« Danach fiel er ins Koma. Die Monitore an seinem Bett zeigten an, dass sein Herz noch schlug, doch er war bereits unerreichbar. Ich saß an seinem Bett und hielt seine Hand. Stunden später bäumte sich sein Körper auf und er schrie mit lauter, schmerzverzerrter Stimme:

»Mein Haus.«

Das waren seine letzten Worte. Der Mann war tot. Und etwas in mir war mit ihm gestorben.

Ich fuhr zurück nach Hause. Ich würde lernen müssen, wieder ohne ihn und ohne diese unvergleichliche Liebe zu leben. Ich sehnte mich nach meinem Haus, in dem er überall präsent zu sein schien und in dem wir ab heute hätten leben wollen. Ich fuhr schneller.

Die Feuerwehr war schon da. Es standen nur noch die Grundmauern. Man vermutete, dass eine umgestürzte Kerze die Brandursache war. Fremde Menschen versuchten, mich zu trösten und boten mir Hilfe an. Doch ihre Worte erreichten mich nicht. Der Mann und das Haus waren gemeinsam gestorben. Ich war wieder allein. In meinem Innern schloss sich die Tür zu meinem Herzen.«

Für jeden Menschen gibt es diese Orte auf der Welt, die wir sofort wieder erkennen, wo wir uns auf der Stelle heimisch fühlen, obwohl wir ganz genau wissen, dass wir noch niemals zuvor hier gewesen sind. Viele von uns haben schon erlebt, dass sie sich beispielsweise an einer unbekannten Wegbiegung befinden und bereits im Voraus genau vorhersagen können, was sich dahinter befindet. Wenn solche Dinge passieren, haben wir einen Platz wieder gefunden, der in einem unserer vorigen Leben eine Rolle für uns gespielt hatte. Irgendwo in uns sind die Erinnerungen an Orte und Menschen gespeichert und in solchen Momenten erleben wir den Hauch des Wiedererkennens. Meistens gehen solche Augenblicke schnell vorbei, ohne dass wir ihnen große Bedeutung beimessen. Doch manchmal geschieht es auch, dass wir diese Momente ganz bewusst wahrnehmen können.

Als ich mich anlässlich meiner Reinkarnationstherapie in Neu Mexico aufhielt, machte zur selben Zeit eine Familie im gleichen Hotel Urlaub. Die Frau übte eine große Anziehungskraft auf mich aus, und auch sie begrüßte mich immer besonders freundlich, wenn wir uns begegneten. Eines Abends saß ich lesend auf einem Sofa in der Lounge, als sie sich neben mich setzte und mich fragte, ob wir ein bisschen plaudern wollten. Schnell stellte sich heraus, dass sie ein starkes Bedürfnis gehabt hatte, mich kennen zu lernen. In den folgenden Tagen freundeten Annria und ich uns innigst an. Sie kam ursprünglich aus Südafrika –auch dies ja ein Ort, mit dem mich viel verband-, lebte aber jetzt in Kalifornien. Wir unterhielten uns blendend und schnell bestätigten wir uns gegenseitig, dass wir viel Wärme, ja geradezu Liebe, füreinander empfanden. Und bald manifestierte sich die Erkenntnis, dass wir einander aus früheren Leben kennen mussten. Wir teilten ein Gefühl tiefster Verbundenheit. Und obwohl wir insgesamt nur wenige Stunden miteinander verbrachten, verabschiedeten wir uns am Ende außerordentlich herzlich und bestätigten uns gegenseitig, wie schön diese »Wiederbegegnung« gewesen war. Ich blieb zurück mit dem schönen Gefühl, nicht allein auf dieser Welt zu sein.

Einen meiner allerbesten, innigsten Freunde, mit dem mich schon sehr bald, nachdem wir uns kennen gelernt hatten, eine unerklärliche Vertrautheit und ein gegenseitiges Verständnis verband, erkannte ich gar in einer meiner Rückführungen wieder. In jenem Leben hatten wir als äußerst harmonisches, glückliches Ehepaar miteinander gelebt und gearbeitet. Für mich wurde diese »Erinnerung« zu einer Erklärung für unsere extreme Nähe und tiefe Freundschaft, die von Anfang an bestanden hatte.

Geister

In dem Haus, mit dem mich so viel verband, traf ich erstmals in meinem Leben auf Geister. Inzwischen war ich tatsächlich mit dem Vorbesitzer des Hauses eine Beziehung eingegangen, so wie in meiner Kurzgeschichte geschrieben. Kaum war ich in dieses Haus gezogen, als sich meine Krankheit zurückmeldete. So war ich sehr froh, dass ich wieder einen Partner hatte, der bei mir lebte und mir bei der Arbeit mit dem Haus und dem Betrieb –ich hatte neben meinen Privaträumen auch ein Restaurant und eine Galerie im Haus untergebracht-rund um die Uhr behilflich war. Er hatte ja bereits vor mir viele Jahre in diesen Mauern verbracht hatte und erzählte häufig von besonders unerklärlichen Ereignissen an diesem Ort. Auch im Dorf erzählte man sich hinter vorgehaltener Hand Geschichten über mein Haus. Bei zwei verschiedenen Gelegenheiten geschah es, dass mein Lebensgefährte im Gespräch verstummte, auf eine bestimmte Stelle wies und mir erklärte, ein Gesicht zu sehen. Es war das Gesicht einer Frau, die der gute Geist des Hauses war und ihm während der vergangenen Jahre schon häufig kleine Dienste erwiesen hatte. Jedoch hatte er sie bis zu diesem Zeitpunkt noch nie zu Gesicht bekommen. Ich sah nichts. Aber er war sich seiner Sache ganz sicher. Als ich ihn fragte, wie sie aussähe, sagte er »So wie du!«

Zu einem anderen Zeitpunkt wachte meine zu Besuch weilende Nichte in der Nacht auf, schaute aus dem Fenster des Gästezimmers und sah Licht in der gegenüberliegenden Scheune brennen. Dort erkannte sie eine Gestalt, die offensichtlich Geschirr spülte. Meiner Nichte war klar, dass diese Frau nicht wirklich dort sein konnte und hatte aber gleichzeitig ein beruhigtes Gefühl, ging wieder ins Bett und schlief bis zum Morgen. Als ich sie nach dieser Schilderung ihrer nächtlichen Erlebnisse fragte, wie denn diese »Geistin« ausgesehen hätte, antwortete sie mit Überzeugung: »So wie du!«

Alle, die in meinem Haus Erfahrungen mit der »Geistin«, wie wir sie liebevoll nannten, machten, waren sich einig, dass sie ein guter Geist war und eine sehr positive Ausstrahlung hatte. Oft machte sie sich nützlich, indem sie kleine Hilfsdienste leistete.

In meinem Haus befand sich auch mein Restaurant. Der Sonntag war in diesem Betrieb immer der arbeitsintensivste Tag der Woche. Schon früh morgens begannen die Verrichtungen mit dem Backen unzähliger Kuchen und dem Vorkochen von Suppen, Kartoffeln etc. Und von mittags bis zum frühen Abend war das Restaurant dann stets voll und wir hatten alle viel zu tun. Dementsprechend erschöpfte mich dieser Tag stets, hatte ich doch alle diese Arbeiten vor dem Hintergrund meiner Erkrankung und ihrer körperlichen und geistigen Einschränkungen zu verrichten. Doch wenigstens konnte man sich sonntags darauf verlassen, dass wie von Zauberhand geleitet, um 18 Uhr die letzten Gäste das Haus verließen. Dann blieb noch ein wenig Zeit zum Saubermachen, Abrechnen und für abschließende Gespräche und ein Feierabendgetränk mit dem Personal. Das Haus blieb während dieser Zeit geöffnet für etwaige Nachzügler, und erst, wenn auch das Personal gegangen war, riegelte ich in der Regel die Tür ab.

Die Eingangstür zu meinem Betrieb war eine jahrhundertealte schwere Holztür. Zum Verriegeln musste ein altmodischer, aber wirkungsvoller Riegel mit der Hand, ein bisschen Fingerspitzengefühl und etwas Kraftaufwand verschoben werden.

An besagtem Sonntag war das Haus um 17:45 Uhr gästeleer, mein Lebensgefährte war hinauf in die Privaträume gegangen, um ein Fußballspiel im Fernsehen zu verfolgen, das Personal begann mit dem sonntäglichen Schlussputz und ich gönnte mir eine Tasse Kaffee und einen Blick in die Zeitung. Ich fühlte mich an diesem Tag extrem erschöpft und schlecht und war ganz froh über den frühen Feierabend.

Als ich einmal von meiner Zeitungslektüre aufschaute, sah ich ein Ehepaar, das zu unseren Stammgästen zählte, sich vom Haus entfernen und auf den Parkplatz zugehen. Ich öffnete die Nebentür zur Terrasse und fragte sie freundlich, ob sie denn heute nicht reinkommen wollten. Es stellte sich heraus, dass sie genau deshalb hier waren, jedoch die Eingangstür verschlossen vorgefunden hätten. Ich ging zur besagten Tür, und tatsächlich: der Riegel war ordnungsgemäß vorgeschoben, die Tür war fest verschlossen. Nun entsprach es nicht unseren Gepflogenheiten, die Tür zu verriegeln, solange wir mit unseren Abschlussarbeiten noch nicht fertig waren. Ich fragte alle Angestellten. Ich fragte meinen Lebensgefährten. Ich überlegte, ob ich selbst vielleicht automatisch die Tür zugeschlossen hatte. Doch keiner von uns war überhaupt in der Nähe der Tür gewesen. Es war sehr rätselhaft. Und unsere Stammgäste glaubten uns natürlich kein Wort. Doch alle Eingeweihten waren sicher, dass hier etwas nicht mit rechten Dingen zugegangen war. Und am Ende war für uns klar: Unsere Geistin hatte dem Weiterarbeiten, das mich an diesem Tag so besonders anstrengte, buchstäblich »einen Riegel vorgeschoben«, um mich vor weiteren Anstrengungen zu schützen.

Es gibt viele kleine Geschichten von ihr und ihren gut gemeinten Hilfsdiensten. Und auch wenn wir jedes Mal angestrengt nach einer »logischen« Erklärung für die Phänomene im Haus suchten, gab es doch nie eine.

Inzwischen weiß ich, dass es tatsächlich Geister gibt. Wenn zum Beispiel aus irgendeinem traumatischen Grund der Übergang beim Tod nicht komplett vollzogen wird, kann es vorkommen, dass ein Teil der sterbenden Persönlichkeit in der astralen Dimension »hängen bleibt«. Das sind dann die sogenannten Geister oder Gespenster.

Bei späteren Rückführungen entdeckte ich tatsächlich, dass ich in früheren Leben bereits häufiger an diesem Ort gelebt hatte und gestorben war und zum Beispiel in einem konkreten Fall entschieden hatte, hier –in der Nähe meines geliebten Mannes, in dem ich meinen jetzigen Lebensgefährten wieder erkannte- zu bleiben, um mich nützlich zu machen.

Es war für mich zunächst eine schwer verdauliche Erkenntnis, dass ich in diesem Haus einem unerlösten Teil meines Selbst begegnet war. Die Geistin entstammte tatsächlich meiner eigenen Seele. Und mit dieser Erkenntnis konnte ich sie endlich von ihrem uralten Treueschwur erlösen und ins Licht schicken. Seitdem mussten wir alle auf ihre kleinen Hilfsdienste verzichten.

Doch ich will nicht verschweigen, dass mir in meinem Haus auch dunkle Energien begegnet sind. Und diese wurden auch stets ganz besonders deutlich von meinem Hund, der mir ungewöhnlich nahe stand, registriert.

Es gab beispielsweise zwei Wesen, die wie Bauern in Arbeitsanzügen aus blauem Drillichstoff steckten. Eine Zeitlang sah ich sie häufig. Meistens standen sie irgendwo im Weg herum und stritten miteinander. Manchmal debattierten sie sogar darüber, wie sie mich aus dem Weg schaffen könnten. Diese beiden Gestalten waren mir zumindest unangenehm, oft flößten sie mir sogar regelrecht Angst ein. Wenn sie das geschafft hatten, amüsierten sie sich schäbig lachend darüber. Ich war oft geneigt zu glauben, dass nun die Schäden in meinem Gehirn langsam meine Wahrnehmung zerstörten und ich mir all dies einbildete. Diese Erscheinungen waren düster und bedrohlich und hatten nicht im geringsten etwas mit der von allen akzeptierten guten Geistin zu tun. Sie taten auch nie etwas, das ihr Vorhandensein »bewiesen« hätte, und sie erschienen offensichtlich nur mir. Ihr Daseinszweck schien einzig und allein darin zu bestehen, im Weg herumzustehen, mir Angst zu machen und Unfrieden in mein Haus zu bringen. Ständig stritten sie sich. Allerdings schienen sie einen gehörigen Respekt vor Bully, meiner Hundefreundin, zu haben.

Einmal kam ich dazu, als Bully sich wie wild gebärdete und immerzu die Treppe nach oben anbellte. Sie war außer sich. Als ich genau hinschaute, sah ich die zwei Gesellen, die auf der Treppe standen und ängstlich zu Bully schauten.

Es kursierten im Dorf reichlich Geschichten über die vielen in früheren Zeiten verübten Morde und Selbstmorde in meinem Haus. Auch war wohl in vierhundertfünfzig Jahren noch nie ein Besitzer in diesem Gebäude langfristig glücklich und zufrieden geworden. Natürlich waren mir diese Erzählungen bekannt. Aber als aufgeklärter Mensch versucht man leicht, solche Gedanken zu verdrängen. Alles Aberglaube! Natürlich waren mir auch Einzelheiten aus dem Familienleben meines Lebensgefährten erzählt worden. Ich wusste, dass allein in den letzten dreizehn Jahren vor meinem Kauf hier viele Tränen geflossen waren. Und nun war ich selbst hier wieder krank geworden, ließ mich quälen von dieser enormen Belastung und einem wankelmütigen Lebenspartner, arbeitete bis an die Grenze der Erschöpfung und fühlte den Tod über mir schweben. Als mir also einer meiner Gäste eines Tages anbot, mir eine CD mit vedischen Gesängen (die Veden = die heiligen Schriften der alten Inder) zu überlassen, um das Haus zu reinigen, war ich doch überraschend schnell bereit, es zu versuchen, zumal dieser Mann davon sprach, dass er die dunklen Energien des Hauses schon immer wahrgenommen hätte. Also doch kein Humbug? Doch keine Einbildung? Konnte es solche starken Energieformen wirklich geben?

Nach einigen Tagen erhielt ich eine CD mit sehr genauen Instruktionen, wie damit zu verfahren wäre. Mein Bekannter schärfte mir immer wieder ein, verantwortungsbewusst damit umzugehen, mich persönlich diesen Gesängen nicht über lange Zeiträume auszusetzen und die CD nicht aus der Hand zu geben. Die Energien auf dieser CD sollten sehr kraftvoll sein und ihre Wirkung daher nicht zu unterschätzen. Ich fand das alles ein bisschen übertrieben. Es war doch nur eine CD, auf der irgendwelche Mönche sangen. Was sollte schon geschehen?

Die Antwort erhielt ich am nächsten Tag. An diesem wunderschönen Sommertag, an dem ich einen dringend benötigten Ruhetag einlegte, wollte ich es mir auf der Terrasse vor dem Haus gemütlich machen und mir kam die Idee, bei dieser Gelegenheit das Innere des Hauses mit den vedischen Gesängen zu beschallen. Ich legte die CD ein, stellte den Lautstärkeregler der Beschallungsanlage in sämtlichen Räumen auf laut und war zunächst noch leicht spöttisch, als die ersten Töne zu hören waren. Ich hatte monotone Musik erwartet, Gesänge, in denen man zumindest eine Melodie erkennen konnte. Doch was nun aus den Lautsprechern erklang, hatte nach meinem Gefühl mit Musik überhaupt nichts zu tun, sondern erschien mir fast wie Geschrei, wie Wehklagen. Ich hatte solche seltsamen Töne auf jeden Fall noch niemals vorher gehört. Schnell verlor ich das Interesse und machte es mir vor dem Haus gemütlich. Doch an Entspannen war nicht zu denken! Die Töne, die aus dem Haus drangen, waren mehr als nervtötend. Bully, meine Hundedame, wurde zunehmend unruhiger und begann schließlich zu winseln. So war ich froh, als ich überraschenden Besuch von meinem besten Freund Frank bekam, der mich ein wenig ablenkte. Inzwischen war die Beschallung im Innern des Hauses seit geraumer Zeit im Gange. Und ich bin wirklich froh, dass ich nicht alleine war, als plötzlich energisch von drinnen(!) gegen die geschlossene Eingangstür des leeren Hauses geklopft wurde. Es war ein dringendes, bittendes, verzweifeltes Klopfen, das aus dem menschenleeren Haus zu vernehmen war. Bully suchte das Weite. Und ich nahm gerne Franks Einladung an, einen kleinen Ausflug zu machen. Bloß weg hier! Die vedischen Gesänge ließ ich derweil weiterschreien. Als wir nach einiger Zeit zurück kamen, schaltete ich als erstes die Musikanlage aus. Es herrschte eine seltsame Atmosphäre in dem Haus. Ich öffnete alle Türen und Fenster, und wir setzten uns noch einmal nach draußen in die Sonne. Nach einiger Zeit kam auch Bully zögernd von ihrem Ausflug zurück. Sehr vorsichtig beschnüffelte sie das Innere des Hauses und zog es dann auch vor, noch eine Weile draußen bei uns zu bleiben.

Eigentlich glaubte ich ja gar nicht an all diese Geschehnisse. Doch das Haus fühlte sich eindeutig anders an nach diesem Erlebnis. Und die zwei Streithahn-Geister habe ich danach nie wieder wahrgenommen. Bis heute weiß ich keine Details über die Beschaffenheit der mir überlassenen Gesänge. Aber ich war froh, die CD bald zurückgeben zu können.

Krankheit und Heilung

Ich hatte mich also auch von meinem zweiten Mann getrennt, mir ein Haus gekauft, das mich magisch angezogen hatte, lebte nun dort mit meinem Hund und bald danach auch meinem neuen Lebensgefährten und eröffnete mein Lokal. Es handelte sich um eine Mischung aus Gastronomie und angeschlossenen Ausstellungs- und Verkaufsräumen. Dort konnte ich wechselnde Bilderausstellungen veranstalten und ausgesuchte Antiquitäten und Wohnaccessoires zum Verkauf anbieten. Außerdem handelte ich mit (natürlich!) Südafrikanischen Weinen. Mit anderen Worten: Ich hatte mir viel Arbeit ausgesucht! Doch kaum hatte ich eröffnet und mein neues Leben in Angriff genommen, als sich meine Krankheit erneut meldete. Erst einmal brach für mich eine Welt zusammen.

Beim ersten Mal, das inzwischen mehr als ein Jahrzehnt zurück lag, hatte ich mich kritiklos in die Behandlungsmaschinerie der Schulmedizin begeben. Das war eine anstrengende, unangenehme Zeit mit OP, Chemo- und Misteltherapie, Ängsten und Nebenwirkungen, doch am Ende wurde mir ja geholfen. Warum sollte das also nicht wieder so funktionieren?

Ich durchlief auch dieses Mal wieder die gewohnten Diagnosestationen, die Arztgespräche, den OP-Saal und die Hoffnungen. Bei all dem erschien es mir manchmal so, als sei ich nur noch ein Fall und kein Mensch. Ich wurde völlig auf mein Krankheitsbild reduziert und bedauerte es sehr, dass die Ärzte über all den Befunden das Interesse an meinem Befinden vermissen ließen. Es gab nur noch ein einziges Thema in meinen Gesprächen, in meinen Gedanken und meinem Empfinden: meine Erkrankung! Nach einem halben Jahr ging es mir schlechter als je zuvor, und von Seiten der Schulmedizin wurde mir bald auf härteste Weise klar gemacht, dass man nichts mehr für mich tun könne. Es war kurz vor meinem vierzigsten Geburtstag, als ich mich mit der Aussage konfrontiert sah, aller Wahrscheinlichkeit nach den einundvierzigsten nicht mehr erleben zu können. Ich war wie gelähmt.

Dann begann ich endlich aufzuwachen. In immer schnellerer Folge machte ich mich mit den unterschiedlichsten Denkansätzen und Behandlungsmethoden vertraut. Ich ging durch meine ganz persönliche Hölle, arbeitete fast ununterbrochen, kämpfte mit den Herausforderungen einer karmisch belasteten Beziehung in einem karmisch belasteten Haus und erkannte sehr viel später in letzter Konsequenz, dass auch meine Erkrankung in dieses karmische Geflecht gehörte. Doch ich will versuchen, in meinen Schilderungen die Reihenfolge einzuhalten.

Die Wucht der Diagnose versetzte mich zunächst in einen Schockzustand. Ich kannte doch nur die Schulmedizin und glaubte ihren studierten und erfahrenen Vertretern also, dass es keinen Ausweg für mich gab.

Doch dann lernte ich eine Frau kennen, die mir nun regelmässig mit Handauflegen und endlosen Gesprächen half. Bald begann ich, die verschiedensten Bücher zu lesen und die Begriffe »Krankheit« und »Heilung« neu zu definieren und zu verstehen.

Als Einstieg in diese neue Welt komplexerer Sichtweisen dienten mir die Bücher von Rüdiger Dahlke. Endlich lernte ich, Krankheit nicht als unabwendbares Schicksal, sondern als natürliche Konsequenz meiner seelisch-geistigen Defizite zu sehen. Je weiter ich auf diesem Weg der neuen Erkenntnis ging, desto mehr lernte ich mich zum ersten Mal selbst kennen und in gleichem Maße nahm mein Unbehagen bezüglich der Schulmedizin zu. Zu oft hatte ich am eigenen Leib erfahren, wie unmenschlich und emotionslos von fremden Menschen über mich geurteilt wurde. Dies war für mich persönlich auch der Zeitpunkt, an dem ich bewusst und endgültig der westlichen Medizin den Rücken kehrte.

Rüdiger Dahlke, humanistischer Psychologe und Mediziner veröffentlichte in den Achtziger Jahren gemeinsam mit seinem Kollegen Thorwald Detlefsen ein Buch über die Deutung und Be-Deutung verschiedener Krankheitsbilder. Es regt dazu an, eine Krankheit nicht länger als Alibi für ungelöste Probleme zu nutzen und stellt den metaphysischen Aspekt von Erkrankungen in den Vordergrund. Es lehrt den Leser eine neue Sichtweise seiner Situation und erlaubt die Erschließung der Bedeutung subjektiver Symptome und Befindlichkeitsstörungen.

Die wichtigste Voraussetzung für diese neue Sichtweise ist das Erkennen der Ganzheit von Körper und Seele eines Menschen. Das bekannte Sprichwort »In einem gesunden Körper wohnt ein gesunder Geist« lässt sich somit auch umdrehen: »Ein gesunder Geist sorgt für einen gesunden Körper.«

Das Leben ist Polarität. Jeder nicht gelebte Pol verhindert unser »Ganzsein«, macht es unmöglich, dass wir in unserer Mitte stehen.

Es geht also nicht darum, lediglich Symptome zu erkennen und zu bekämpfen, so wie wir es aus der Schulmedizin kennen und also im Umkehrschluss darauf zu vertrauen, dass die Mediziner uns durch geeignete Maßnahmen von außen kurieren können. Vielmehr gilt es, das Symptom als Zeichen dahinter liegender, verborgener Sinnhaftigkeit zu nutzen. Dafür ist zunächst eine Abkehr der uns umgebenden und verinnerlichten Werteskala vonnöten. Wer stets und ständig eigenes und fremdes Verhalten in »gut« und »schlecht« unterteilt, Lebensformen mit »richtig« und »falsch« bewertet, wird sicher Schwierigkeiten haben mit einer ganzheitlichen Sichtweise. Wer jedoch lernt, unsere gängigen Bewertungsmechanismen hinter sich zu lassen, wird zu einem völlig neuen Verständnis von Krankheit und Gesundheit kommen.

Dies war für mich der schwierigste Prozess. Ich war bis zu diesem Zeitpunkt ein Mensch mit klaren Prinzipien und festen Wertvorstellungen gewesen. Ich urteilte schnell und gerne darüber, ob ein Mensch sich »falsch« oder »richtig« verhielt, »gut« oder »schlecht« war. Leider war ich voller Vorurteile und hielt mich selbst für berechtigt und befähigt, meine Mitmenschen zu be- und verurteilen. Ich merkte dabei gar nicht, wie begrenzt meine Sichtweise war.Ich schäme mich noch heute dafür.

In meinen Augen gab es eben »richtige« und »falsche« Verhaltensweisen und Charakterzüge. Und eine Krankheit war im übrigen etwas von außen Kommendes, das nichts mit meinem Wesen zu tun hatte!

Doch wie unangenehm wurde es jetzt für mich als ich las, dass jede Krankheit ein Ungleichgewicht des Betroffenen sichtbar macht. Ich musste erkennen, dass meine bisherigen Wertvorstellungen und Urteile bei mir selbst dazu geführt hatten, dass ich einen Teil von mir, denjenigen, der in meiner Werteskala als »schlecht« galt, von mir weg geschoben hatte. Durch Verneinen bestimmter Bereiche hatte ich gemeint, die Existenz dieser Bereiche auslöschen zu können. Doch sie lebten im Schatten weiter. Es gibt eben grundsätzlich kein »gut« ohne den Gegenpol »schlecht«. »Hell« kann man erst erkennen und zuordnen, wenn man »dunkel« kennt. »Sanftheit« bekommt erst durch »Aggression« seine Bedeutung. »Laut« kann nur durch das Vorhandensein von »leise« richtig zugeordnet werden. Konkreter gesagt: Wenn ich die Augen schließe, um die Sonne nicht zu sehen, scheint sie doch trotzdem munter weiter. Sie verschwindet nicht, nur weil ich sie gerade nicht sehen möchte.

Für alle nicht gelebten Bereiche unserer Selbst hat bereits C.G. Jung den Begriff »Schatten« geprägt. Der Schatten eines Menschen setzt sich zusammen aus allen von ihm abgelehnten Wirklichkeitsbereichen, allen Absichten und Anstrengungen, die der einzelne Mensch bei sich selbst einfach nicht sehen und zulassen will. Diese führen nun buchstäblich ein »Schattendasein«, sie existieren weiter in uns, ohne dass wir uns dessen bewusst sind.

Wenn wir sie nur lange und intensiv genug im Schatten festhalten, werden sie sich einen Weg suchen müssen, auf sich aufmerksam zu machen. Sie suchen sich ein Symptom. In unseren Symptomen manifestiert sich grundsätzlich das, was uns zum Heilsein, zum Ganzsein fehlt. Das Symptom ermöglicht es dem Menschen auf einem Umweg das zu leben, was er im Bewusstsein bisher nicht leben wollte. Damit wird unser Körper zum Spiegel unserer Seele. Derjenige, der vor der Ruhe buchstäblich davonläuft, der ständig aktiv ist, den lieben, langen Tag arbeitet, ackert und schleppt, überbetont den aktiven Pol seines Daseins. Doch auch der Ruhepol will gelebt werden und sucht sich vielleicht einen Hexenschuss als Mittel, um den Menschen auf sich aufmerksam zu machen und ihm die nötige Ruhe aufzuzwingen. Egal wie sehr der Betroffene seine Aktivität aufrecht erhalten will, die Schmerzen zwingen ihn, sich der Ruhe hinzugeben. Ein Schattenaspekt ist sichtbar geworden.

Krankheit kann also den Weg zeigen und damit eine Chance sein, wenn wir bereit sind, an den eigenen Symptomen zu lernen und zu wachsen. Das große Ziel ist »Ganzheit«, und jedes Krankheitsbild, jedes Symptom kann die zur Vollkommenheit fehlenden Elemente aufzeigen und so zur Entwicklungschance werden.

Doch welches fehlende Element wird beim Krebs sichtbar? Kann man das überhaupt so allgemein fragen? Ich sage: Man kann! Es ist alles so viel einfacher als wir glauben mögen.

Die Krebszelle ist eine Zelle, die ihren Platz und ihre Aufgabe in der Gemeinschaft der Zellen eines Organismus aufgibt und sich vermehrt und ausbreitet, ohne Rücksicht auf die umliegenden Nachbarzellen, geschweige denn den Gesamtorganismus, zu nehmen. Nachdem sie viele Jahre lang eine funktionierende, harmlose Zelle war, drängt sie nun voller Aggression in die Welt und schafft in Windeseile unzählige Nachkommen. Sie will Präsenz zeigen, sich ausbreiten, sich vermehren. Anstatt weiter ihrer Pflicht als Gehirn- oder Lungen- oder Darmzelle nachzugehen, spielt sie nun vollkommen verrückt. Was im Bewusstsein des Erkrankten nie erlebt wurde, verlagert sich ins körperliche Symptom.

Es ist nicht möglich, die komplexe spezielle Krebsproblematik in einem Kapitel abzuhandeln. Dafür wäre ein eigenes Buch nötig. Doch zusammenfassend lässt sich sagen, dass der Krebskranke bisher seine Aufgaben und Pflichten im Dienste anderer immer treu und brav erfüllt hat. Andererseits jedoch hat er dieses Pflichtbewusstsein auch als Entschuldigung dafür genutzt, sich nicht um seine eigene Weiterentwicklung zu kümmern. Mit noch viel einfacheren Worten in einem Satz gesagt: Der Krebskranke hat bisher versäumt, sich selbst zu lieben.

Als ich mir diese Deutungen erstmals erlesen hatte, wies ich weit von mir, dass dieses Muster in meinem Fall zuträfe. Das war verständlich, denn schließlich sind Krankheiten sichtbar gewordene Aspekte unseres Unbewusstseins.

Wenn ich also begreifen wollte, warum ich krank geworden war, musste ich mich wohl oder übel mit meinem Schatten beschäftigen. Dieser Gedanke gefiel mir anfänglich ganz und gar nicht. Es tut weh, sich zum ersten Mal ganz ehrlich selbst anzuschauen. Denn zunächst sind unsere gewohnten Bewertungsmechanismen noch eingeschaltet. Wir haben ja deshalb bestimmte Aspekte in den Schatten gedrängt, weil wir sie mit »schlecht« bewerteten. Zu erkennen und vor allem zu akzeptieren, dass aber genau diese doch so erfolgreich aus dem sichtbaren Leben verdrängten Bereiche noch immer in uns vorhanden sind, ist unter normalen Bewertungsmaßstäben nicht akzeptabel. Zunächst fühlte ich mich also erheblich schlechter. Doch je mehr ich mich in den Denkansatz der Ganzheit hineinfühlte, desto mehr gelang es mir, mit dem ständigen Be- und Verurteilen aufzuhören. Nicht zuletzt durch die Reinkarnationstherapie, die ich in Amerika absolvierte, lernte ich, dass wir alle, auch ich!, in Wahrheit bereits alle Aspekte des Menschseins in uns vereinen.

Nun ging die Arbeit an mir selbst erst richtig los. Ich hatte Krebs, von den Ärzten bereits mit dem Siegel des Todesurteils versehen. Welcher Schattenaspekt drängte hier also nach außen, wollte auf sich aufmerksam machen, wollte gelebt werden???

Wie holt man denn nun seine Schattenseiten ans Licht? Allein durch analytisches Nachdenken konnte dies nicht geschehen, das war mir klar. Schließlich stand meine Erkrankung für tief im Unterbewusstsein versteckte Seiten. Sobald ich versuchte, mir diese Seiten klar zu machen, würde mein Bewusstsein, das noch immer den alten Bewertungsnormen unterlag, sofort dagegen steuern.

Ich absolvierte also eine Reinkarnationstherapie am Light-Institute von Chris Griscom in Neu Mexico, USA. Dort begegnete ich erstmals meinen Schattenseiten, und ich lernte mit Leib und Seele, diese anzunehmen und nicht mehr zu verdammen und zu verurteilen, sondern sie ans Licht zu holen, indem ich sie zu lieben lernte. Das war harte Arbeit an mir selbst. Mein Ego versuchte immer wieder, diese Arbeit zu boykottieren, doch am Ende war ich einen riesengroßen Schritt weiter.

Als ich wieder zurück zuhause war, entdeckte ich die Meditation als weiteres Mittel, mich mit mir selbst auseinander zu setzen. Auf keinen Fall wollte ich den Prozess der Selbstarbeit unterbrechen und lernte viel über verschiedene Meditationsformen und ihre Wirkweise. Auch entdeckte ich die Visualisierung als eine für mich äußerst wirksame Vorgehensweise. Diesen Themen habe ich jeweils ein eigenes Kapitel gewidmet.

Insgesamt lernte ich, meinem Körper und seinen Signalen viel aufgeschlossener zu begegnen. Auch darüber gibt es in diesem Buch ein gesondertes Kapitel.

Ich machte große Fortschritte auf dem Weg zu mir selbst. Die Wichtigkeit der Be-Urteilung wurde durch die Wichtigkeit der Be-Deutung abgelöst. Plötzlich kämpfte ich nicht mehr gegen den Krebs, sondern ich arbeitete daran, »ganz« zu werden. Ich hatte Krebs. Das war ein Zeichen. Und nun wollte ich endlich diese Zeichen lesen und verstehen lernen. Ich wollte eine neue Verantwortung für mich übernehmen.

Die Suche nach den richtigen Methoden ließ mich eine Vielzahl von Büchern lesen. Hatten Gris Griscoms Bücher den Anfang gemacht und Rüdiger Dahlkes Bücher mir neue Erklärungsansätze geliefert, folgten danach viele Werke anderer Autoren, die mir jeweils im richtigen Moment »zufällig« begegneten und mein Verständnis für die Zusammenhänge des Lebens immer mehr vertieften. Besonders hervorheben möchte ich an dieser Stelle und in diesem Zusammenhang noch das Buch »Lichtheilung« von Barbara Ann Brennan. Dies ist ein beeindruckendes Werk über die Prozesse der Genesung, auf allen Ebenen von Körper, Gefühl und Geist.

Um eine umfassende Entdeckungsreise zu meinen Schattenseiten machen zu können, fasste ich einen schwer wiegenden Entschluss. Ich schloss meinen Betrieb, stellte mein Haus zum Verkauf, ließ mir meine Lebensversicherungen auszahlen und folgte meinem Lebensgefährten nach Spanien. Dort wollte ich meine Gesundheit finden.

Doch zunächst wurde alles noch einmal erheblich schlimmer. Unsere Beziehung, die ich eigentlich schon ein Jahr vorher beendet hatte, war so karmisch belastet, dass ein gemeinsamer Neuanfang einfach nicht möglich war. Ich hatte gehofft, in dieser Verbindung eine gewisse Sicherheit zu finden auf meiner Reise zu mir selbst. Doch ich musste schnell einsehen, dass dieser fromme Wunsch ein Widerspruch an sich war. Es ging eben gerade nicht darum, von mir selbst abzulenken, sondern ich wollte und musste mich selbst anschauen. So wie ich war, wenn ich ganz bei mir selbst sein konnte. Das ging in dieser schwierigen Beziehung nicht. Ich verließ also den Mann, den ich liebte, ein zweites Mal, blieb allerdings in Spanien und nahm mir eine Wohnung direkt am Meer. Instinktiv tat ich das Richtige.

Ich hatte das deutliche Gefühl, in der Nähe des Meeres sein zu müssen, um Gesundheit zu finden. Die Trennung war richtig und wichtig, die Sonne und das Meer gaben mir Kraft. Und dann stürzte ich mich in die Arbeit. Ich war endlich an dem Ort angekommen, an dem ich so viel Raum hatte, dass ich in kleinen eigenen Schritten mich selbst und die unbearbeiteten Themen in mir entdecken konnte.

Was nach außen wie Müßiggang ausgesehen haben mag, wenn ich zum Beispiel stundenlang regungslos am Strand saß und aufs Meer schaute, war intensive Selbstarbeit in Meditation. Ich kümmerte mich wirklich nur um mich selbst. Ich meditierte, ich visualisierte, ich übte Qi-Gong, ich nahm Kontakt zur Meeresenergie auf und vieles mehr. Und das viele Stunden täglich.

Der Weg über die Krankheit zur Heilung war für mich ein Geschenk! Bis heute dauert der Prozess der Heilwerdung an und ich kann immer wieder verschiedene kleine Mosaiksteinchen in die Gesamtheit meiner Körper-Geist-Seele-Struktur einfügen. Einige Zwischenschritte, ihre Methoden und Ergebnisse werden in diesem Buch in gesonderten Kapiteln behandelt, um vielleicht so anderen auf der Suche befindlichen Menschen einen neuen Ansatzpunkt zu vermitteln.

Das Wassermann-Zeitalter

Die Gesamtheit meiner Erfahrungen, Begegnungen und Erlebnisse machte mich zunehmend aufmerksamer für nicht wissenschaftliche oder kirchliche Erklärungen des Lebens. So konnte es nicht ausbleiben, dass der »Zufall« mir eines Tages ein spirituelles Kultbuch in die Hand spielte: »Die Prophezeiungen von Celestine« von James Redfield. Zum ersten Mal wurde mir bei der Lektüre dieses Buches die These vertraut, dass das, was wir in dieser Gesellschaft so gerne für Zufälle halten, in Wahrheit Fügungen sind, die uns sicher in eine uns vorbestimmte Richtung lenken. Dies ergeht jedem Einzelnen so, aber gleichzeitig gilt es auch für die Menschheit insgesamt.

Die Menschheit befindet sich am Beginn des Wassermann-Zeitalters, dem New Age, einem Zeitalter des Geistes. Dies wird uns Erdenbürgern ganz neue Wege des Verständnisses und des Miteinanders eröffnen, und die Menschen werden insgesamt aufmerksamer und sensitiver werden.

Am Beispiel einer spannenden Geschichte macht James Redfield den Leser auf eindrückliche Weise mit den einzelnen Entwicklungs- und Erkenntnisschritten vertraut, die es sowohl für jeden Einzelnen als auch die Menschheit kollektiv zu durchlaufen gilt. Diese Geschichte wurde zu einem internationalen Bestseller, der mittlerweile über acht Millionen Mal weltweit verkauft wurde. Dies kann als Indiz dafür verstanden werden, wie sehr die Menschen tatsächlich auf der Suche nach neuen Erklärungen und Erkenntnissen sind.

In der Geschichte von Celestine tauchen nacheinander verschiedene Erkenntnisse auf, die jeder von uns durchläuft, wenn sein spirituelles Bewusstsein erwacht, und die – so ist die These- auch die Menschheit kollektiv zu durchlaufen hat. Sehr vereinfacht zusammengefasst handelt es sich bei diesen Erkenntnissen um folgende Schritte:

Stufe 1: Zunächst macht sich eine unerklärliche Unruhe breit, im Einzelwesen so wie in der Gesellschaft und es begegnen uns vermehrt »Zufälle«, die in Wahrheit gezielte Fügungen sind; es gilt zu erkennen, dass zufällige Begegnungen oftmals eine tiefere Bedeutung haben.

(Mir selber ist dieser Erkenntnisschritt zum Beispiel begegnet, als ich meine Freundin Angie im fernen Südafrika fand, die Frau, die mich erstmals mit spirituellen Denkansätzen konfrontierte.)

Stufe 2: Die in unserer Zeit gehäuft auftretenden Ersatzbefriedigungen des Einzelnen und der Gesellschaft sind ein weiterer Schritt auf dem Weg der Erkenntnis. Die Menschen wenden sich ihnen zu, weil sie damit der Frage aus dem Weg gehen können, warum wir überhaupt am Leben sind, finden jedoch keinen Frieden durch sie; nun wird die Frage nach dem Sinn des Lebens erst richtig ernsthaft gestellt.

(Auch diese Stufe musste ich durchlaufen. Zunächst suchte ich Befriedigung in der Arbeit, dann im materiellen Wohlstand, immer auch in meinen Beziehungen. Doch es blieb eine große Leere in mir. Mit meiner Erkrankung erlaubte ich mir schließlich die Frage nach dem Lebenssinn.)

Stufe 3: Die menschliche Wahrnehmung verändert sich, es entsteht eine erhöhte Sensibilität gegenüber schönen Dingen; in der nächsten Stufe wird der wissenschaftliche Skeptizismus abgelegt und die Menschen beginnen, Energiefelder von Gegenständen, Pflanzen, Tieren und Menschen zu sehen. Wer diese Energie wahr nimmt, dem wird auch schnell klar, dass er selbst durch die Nahrung diese Energien aufnimmt und er wird automatisch beginnen, seine eigene Ernährung aufmerksamer zu betreiben, sich immer vegetarischer und bewusster zu ernähren. Ebenso kann der Mensch Energie bewusst auf Pflanzen und Nahrungsmittel übertragen. Dieses geschieht einzig mittels gefühlter universeller Liebe. Es wird auch erkannt, dass es bestimmte Orte gibt, deren Energiefeld besonders ausgeprägt und positiv ist. Das alles verändert unser Verständnis von einem rein materiellen Universum.

(Diese Erkenntnis erwarb ich mir in langsamen Schritten, besonders eindrucksvoll waren hierzu meine Aufenthalte in der Wüste Neu Mexicos und am Mittelmeer in Andalusien.)

Stufe 4: Hat der Mensch erst einmal erkannt, dass das Universum einzig aus Energie besteht, wird er auch erkennen müssen, dass er sich von dieser Energie getrennt fühlt. Im Angesicht dieses Defizits wird er versuchen, seine persönliche Energie zu erhöhen, indem er andere Menschen energetisch »anzapft«. Dies ist die Ursache für alle menschlichen Konflikte dieser Welt. Durch psychologische Manipulationen wird die Energie der Mitmenschen abgezogen. Es gilt zu erkennen, dass die Menschheit seit langem um die Energie kämpft, die zwischen uns Menschen fließt. Dies geschieht aus einem zugrunde liegenden Gefühl von Unsicherheit und Schwäche, das durch den »Diebstahl« fremder Energien mittels Manipulation und Kontrolle aufgehoben werden soll.

(Die Auswirkungen des Energieraubes wurden mir persönlich in meiner karmisch belasteten Beziehung besonders anschaulich und nahezu gefährlich vor Augen geführt.)

Stufe 5: Meist unterstützt durch mystische Erfahrungen erfolgt die Erkenntnis, dass es eine außerhalb des Menschen liegende unerschöpfliche Quelle der Energie gibt. Der menschliche Mangel an Energie lässt sich ausgleichen, sobald der Mensch mit einer höheren Energie in Kontakt tritt. Das Universum ist in der Lage, uns mit allen notwendigen Dingen zu versorgen, sobald wir uns nur öffnen. Schritt für Schritt müssen wir lernen, unsere Energieschwingung zu erhöhen. Dies ist eine natürliche Fortentwicklung der Evolution.

(Unter Anleitung lernte ich dies durch meine Reinkarnationstherapie im Light Institute von Chris Griscom und später in meinen endlosen Meditationen am Meer.)

Stufe 6: Um den langfristigen Zugang zur universellen Energie zu ermöglichen, ist es zunächst nötig, sich der eigenen Kontrollmechanismen bewusst zu werden und sie zu beseitigen. Mit immer wiederkehrenden Kontrolldramen hat der Mensch bisher die Energie anderer »gestohlen«. Es gibt verschiedene Kontrolldrama-Klassifikationen, diese reichen von der aktiven, gewaltsamen Rolle bis zur passiv manipulativen, vom Archetypus des »Einschüchterers« über den des »Vernehmungsbeamten« und des »Unnahbaren« bis zu demjenigen des »Armen Ich«. Da es bereits in frühester Kindheit in der Familie einen Wettstreit um die Energien der anderen Familienmitglieder gab, hat sich bereits zu diesem frühen Zeitpunkt der eigene Kontrollmechanismus entwickelt, der im weiteren Leben unbewusst ständig wiederholt wird, wenn es darum geht, an die Energie der Mitmenschen zu gelangen. Erst wenn dieser Mechanismus erkannt und überwunden ist, eröffnet sich dem Menschen seine ganz eigene evolutionäre Lebensaufgabe.

(Für mich persönlich galt: Mein karmisches Zusammentreffen mit meinem Lebensgefährten und meine Erkrankung führten mich ins Light-Institute nach Galisteo, Neu Mexico. Dort erkannte ich während meiner intensiven Reinkarnationstherapie, welchen Kontrolldramen ich selbst und die mir karmisch verbundenen Menschen unterworfen waren.)

Stufe 7: Den richtigen Weg zur Erfüllung seiner Lebensaufgabe erhält der Mensch schließlich in Form von Ahnungen, Tagträumen und nächtlichen Träumen gezeigt. Alpträume sind dabei die intensivsten Ratgeber. Antworten auf die aktuellen Fragen erhalten wir immer von anderen Menschen, auch wenn es diesen nicht bewusst sein mag. Das Zusammentreffen von Fügungen folgt einer bestimmten Struktur. Die Herausforderung besteht darin, das Gute in jeder Begebenheit aufzufinden, egal wie negativ sie zunächst auch scheinen mag. Wenn man sie im Hinblick auf die eigene Lebensaufgabe befragt, wird sie einen neuen Hinweis offenbaren.

(Die Erarbeitung dieser Erkenntnis liegt mir persönlich zeitlich noch zu nahe, als dass ich mit Abstand darauf schauen und eine Erklärung dazu abgeben könnte. Ich bin auf jeden Fall seit Jahren sicher, in die Richtung meiner wahren Lebensaufgabe geführt zu werden. Vermeintlich negative Begegnungen und Begebenheiten sind dabei oft die wichtigsten, denn sie bestärken mich auf jeden Fall darin, meinem eigenen Weg treu bleiben zu wollen.)

Stufe 8: Die Menschheit und mit ihr auch der Einzelne lernt, neue Umgangsformen zu entwickeln. Es wird entdeckt, wie man Energie auf andere Personen projiziert. Dies beginnt im Umgang mit Kindern, denn hier muss es grundlegende Änderungen geben. Bisher wird bereits das Kind in der Familie auf Energiekämpfe gedrillt. Es entwickeln sich Kontrolldramen, die sich später in Liebesbeziehungen fortsetzen. Deshalb enden Liebesbeziehungen unter bisherigen Umständen eines Tages im Macht- und Kontrollkampf. Dabei geht es einzig und allein darum, sich mit der Energie des Anderen aufzuladen, um die eigene Stärke zu erhöhen. Dies gilt es zu überwinden, erst wenn wir selbst sowohl den männlichen als auch den weiblichen Anteil in uns angenommen haben, sind wir in der Lage, wirklich gleichberechtigte Liebesbeziehungen zu führen. Wenn wir die gewohnten Verhaltensmechanismen abgelegt haben, können wir auch endlich bewusst Energie auf Andere projizieren. Wenn wir mit dieser Kenntnis sorgfältig darauf achten, mit wem wir Kontakt aufnehmen, erhalten wir als Resultat die gewünschten Antworten auf unsere Fragen.

(Zwar habe ich persönlich die mir innewohnenden Kontrollmechanismen inzwischen erkannt und arbeite an ihrer Überwindung. Doch ich habe auch erlebt, dass sie mich immer mal wieder einholen. Deshalb habe ich mich zunächst bewusst gegen eine Beziehung entschieden, um nicht zuzulassen, dass mir Energie abgezogen wird oder ich aus alter Gewohnheit meinen Partner energetisch zu manipulieren versuche.)

Und schließlich Stufe 9: Aufgrund der bewussten Evolution wird sich die menschliche Kultur im Wassermannzeitalter verändern. Es wird einen völlig neuen Lebensstil geben. Die These sagt, dass die Menschheit freiwillig die Geburtenrate verringern wird, so dass alle Menschen an den schönsten und energetisch stärksten Plätzen der Erde leben können und unser Planet imstande ist, uns alle zu versorgen. In der weiteren Zukunft werden mehr solcher Orte bestehen, da wir die Wälder nicht mehr abholzen werden und sie heranwachsen und Energie generieren können. Geleitet von der eigenen Intuition wird jeder wissen, was genau er wann zu tun hat, und die Aktionen des Einzelnen werden die der Anderen auf harmonische Weise ergänzen. Wir werden erkennen, dass wir uns nicht auf dieser Erde befinden, um private Imperien aufzubauen, sondern um uns kollektiv und individuell weiterzuentwickeln. Und wir werden verinnerlichen, dass die natürlichen Ressourcen dieser Welt und die unglaublichen Kraftquellen der Erde geschützt und erhalten werden müssen. All das wird Auswirkungen auf die Schwingungsfrequenz unserer Energie haben. Jeder, der einen bestimmten Level erhöhter Energieschwingung erreicht hat, wird die Barriere zwischen diesem Leben und der anderen Welt überqueren.

(Von der Umsetzung dieser Erkenntnis sind wir wohl alle momentan noch weit entfernt. Ich freue mich jedoch sehr auf den Moment, wenn für mich der Zeitpunkt gekommen ist, diese Stufe erreicht zu haben.)

Insgesamt konnte ich im Zuge meiner eigenen Bewusstseinsentwicklung feststellen, dass sich mit mir unzählige andere Menschen »auf den Weg« gemacht haben, ihre Wahrnehmung schulen und bereit sind für eine neue Sicht- und Lebensweise. Immer häufiger treffe ich Menschen, die bewusst mit ihren Energien umgehen, die Herzenswärme ausstrahlen und die bereits einige besondere Fähigkeiten herausgearbeitet haben. Sehr oft passiert es dann, dass beim Kennenlernen fremder Menschen ganz schnell klar wird, dass es sich hier um gleichschwingende Seelen handelt. Mit diesem Spüren des Energieflusses geht ein tiefes Einverständnis einher, und ich habe in den letzten Jahren unzählige Menschen auf diese Weise als Gleichgesinnte erkannt. Jeder dieser

Begegnungen mit oftmals fremden Menschen hinterlässt auf beiden Seiten ein Gefühl des Einverständnisses und eines erfüllenden tiefen Friedens.

Energie-Heilung

Dem Neubeginn in meinem Haus war eine große Ehekrise vorausgegangen. Als erstmals von Trennung gesprochen wurde, hatte ich zunächst nicht den Mut und die Energie, diesen Schritt wirklich zu vollziehen und nahm deshalb dankbar an, als eine Freundin mir anbot, eine »Prana-Behandlung« an mir durchzuführen. Ich hatte nicht die leiseste Ahnung, worum es sich handelte, doch sie versprach mir, dass ich mich danach wie aufgetankt fühlen würde. Ich hatte schließlich nichts zu verlieren und ging leicht beklommen, aber doch überwiegend neugierig zu meinem ersten Behandlungstermin.

In einer besonders stillen und friedvollen Atmosphäre gab mir meine Freundin meine erste Pranabehandlung. Dabei schien sie ständig in etwa 10 cm Abstand von meinem Körper »rumzufummeln«, mir kam es sehr befremdlich vor, dass sie ständig irgendwo hin zu greifen schien, wo ich doch gar nichts sehen konnte. Und es sah so aus, als würde sie dort etwas entfernen und in die Ecke werfen, wo eine Schüssel mit Wasser stand. Mehr gab es nicht zu sehen, und so schloss ich irgendwann entspannt die Augen. Dabei hatte ich seltsame Empfindungen, hatte teilweise das Gefühl, als würde an bestimmten Stellen »etwas« aus meinem Körper gezogen. Insgesamt fühlte ich mich immer leichter. Ich wusste nicht, was geschehen war, doch ich fühlte mich nach dem Besuch bei meiner Freundin rundherum befreit und stärker.

Es folgten noch einige weitere Behandlungen, die immer nach dem gleichen Muster abliefen, und am Ende hatte ich die Kraft, die Trennung von meinem Mann und meinem bisherigen Leben zu vollziehen, um mich der auf mich wartenden karmischen Aufgabe zu widmen. Aber natürlich wusste ich all das zu jenem Zeitpunkt nicht.

Viele Jahre später beschäftigte ich mich viel intensiver mit Prana-Heilung und lernte auch selber die Grundkenntnisse bei dem Inder Sai Choletti. Wer mehr über die leicht zu erlernenden Pranaheilungs-Praktiken erfahren möchte, dem empfehle ich wärmstens die Bücher von Master Choa Kok Sui, bzw. den Besuch eines der Seminare zur Prana-Heilung, wie sie in zahlreichen Städten angeboten werden.

»Prana« ist der aus dem Indischen stammende Begriff für »Lebensenergie«, ein Pendant zum Chinesischen Ausdruck »Qi«. Wir sind von dieser Lebensenergie angefüllt, und die Luft, die wir atmen enthält sie ebenso. Die Sonnenenergie enthält Prana, ebenso der Erdboden und ganz besonders alte Bäume. Prana ist lebensnotwendig. So füllen wir unseren Pranahaushalt ständig aus der Luft, dem Boden oder der Nahrung, die wir zu uns nehmen, auf.

Zur Durchführung einer Prana-Heilungs-Sitzung nutzen wir die pranagefüllte Aura eines Menschen. Sehr schnell und leicht kann man lernen, dieses Energiefeld eines Menschen mit den Händen zu ertasten. Hellsichtige Menschen können die Aura sogar sehen. Aber dies ist für eine Pranabehandlung nicht zwingend nötig.

Mit den Händen wird die Aura des Patienten abgescannt. Dabei ist es nach entsprechender Übung möglich, Pranastauungen oder Pranadefizite zu ertasten. Über lange Zeiträume vorhandene Pranaungleichgewichte führen eines Tages zu Krankheiten in den entsprechenden Bereichen.

Energiestauungen werden vom Heiler mechanisch entfernt, Defizite ausgeglichen. Dabei arbeitet der Pranaheiler ausschließlich in der Aura des Patienten und stellt ein Energiegleichgewicht her, ohne den Hilfesuchenden zu berühren. Fast immer fühlen sich die Menschen nach einer Pranabehandlung erleichtert. Dieses Phänomen ist einfach zu erklären, denn fast Jeder von uns trägt alte, verbrauchte Energien in seiner Aura mit sich herum. Sind diese entfernt, fühlen wir uns deutlich leichter. Auf jeden Fall können Pranabehandlungen dazu beitragen, Krankheiten im Keim zu ersticken, das energetische Ungleichgewicht in der Aura zu behandeln, bevor es sich als Krankheit im physischen Körper manifestiert hat.

Die Kenntnisse der Pranaheilung haben mir besonders eindrucksvoll während meines Aufenthaltes in Spanien geholfen. Dort habe ich regelmäßig mit heftigsten allergischen Reaktionen auf simple Mückenstiche reagiert, die manchmal nur noch mit Cortison zu behandeln waren. Nun wurde ich einmal Zeuge, wie eine Mücke mir gerade einen Mückenstich in den Arm verpasste. Blitzschnell bildete sich eine etwa faustgroße Schwellung. Glücklicherweise erinnerte ich mich sofort an meine

Pranaheilungs-Kenntnisse, und ich begann ohne Zögern mit der Entfernung der von der Mücke übertragenen Energien. Dies tat ich etwa fünf Minuten lang, und während dessen konnte ich buchstäblich dabei zuschauen, wie die Schwellung wieder zurück ging. Am Ende war sie ganz verschwunden und es gab keine weitere allergische Reaktion an dieser Stelle.

Ein anderes Mal war ich auf eine Wespe getreten. Wespenstiche waren zumindest früher für mich ebenfalls von bedenklichen allergischen Reaktionen begleitet gewesen. Auch jetzt spürte ich sofort Herzrasen. Wieder begann ich umgehend, meinen bereits heftig schmerzenden Fuß zu »reinigen«. Nach und nach beruhigte sich mein Körper, und nach etwa fünfzehn Minuten fühlte ich mich so, als hätte ich nie einen Wespenstich gehabt.

Doch am eindrucksvollsten war die Eigenbehandlung nach einem Sturz, bei dem ich mir ganz offensichtlich das rechte Schienbein verletzt hatte. Ich hatte starke Schmerzen und beim Abtasten des Beines konnte ich deutlich spüren, dass der Knochen nicht in seiner gewohnten Position war. Es war spät am Abend, und ich befand mich ganz alleine in einem Haus in den Bergen Andalusiens, fernab von jeglicher Zivilisation. So blieb mir gar nichts anderes übrig als mich selbst zu verarzten. Ich reinigte also gründlich die Aura des betroffenen Schienbeins, schickte danach schmerzstillende Energie in die betroffene Region und visualisierte dabei, wie ein angebrochener Knochen wieder eine glatte Einheit wurde und sich an seinen üblichen Platz zurück schob. Etwa eine Dreiviertelstunde später waren die starken Schmerzen verschwunden, der Knochen fühlte sich beim erneuten Abtasten wieder völlig normal an und ich bekam nicht einmal blaue Flecken am Bein.

Des weiteren lernte ich bei meinem Studium der Pranaheilung, welch energetische Bedeutung Salzwasser hat. In der Pranaheilung wird Salzwasser benutzt, um die entfernten Energien zu neutralisieren. Der Pranaheiler nutzt meist eine Schale mit Salzwasser, in die hinein er die kranken Energien »wirft«. Tatsächlich hat Wasser die Eigenschaft, Energien anzuziehen, und Salz hat die Fähigkeit, negative, kranke Energien zu neutralisieren.

Noch bevor ich um diese Eigenschaften von Salzwasser wusste, hatte ich mir in Spanien diese Wohnung gesucht, die unmittelbar am Meer lag. Hier saß ich manchmal mehrere Stunden täglich am Wasser, um zu meditieren. Außerdem war die Energie des Meeres ein enger Bestandteil meines täglichen Lebens, und sogar nachts begleitete mich sein Rauschen. Instinktiv hatte ich mir also diesen Platz zum Wohnen gesucht, und tatsächlich stellte sich später heraus, dass ich hier endgültig gesund wurde.

Die Arbeit mit den vielfältigen Energien unseres Körpers und unserer Aura kann sehr facettenreich sein. Am eindrucksvollsten sollte ich durch intuitives Handauflegen einen wichtigen Teilerfolg bei der Bekämpfung meiner schweren Erkrankung erleben. Ich habe meine erste Berührung damit seinerzeit aufgeschrieben und möchte die Worte von damals gerne an dieser Stelle wiedergeben.

Als ich sie das erste Mal sah, hätte ich nicht erwartet, dass sie schon bald eine solch bemerkenswerte Rolle in meinem

Leben spielen würde. Ich war gerade vierzig Jahre alt geworden und davon überzeugt, dass ich meinen einundvierzigsten Geburtstag nicht mehr erleben würde. Nachdem mir im Laufe der vorangegangenen vierzehn Jahre verschiedene Gehirntumore entfernt worden waren, konnte die Schulmedizin nun nichts mehr für mich tun. Meine Ärzte hatten mir wenige Monate zuvor unverblümt mitgeteilt, dass meine statistische Lebenserwartung höchstens noch ein Jahr betrage. Man rechnete mit dem Schlimmsten und legte mir nahe, mich auf das Ende vorzubereiten. Seit diesem Tag hatte ich jegliche medizinische Hilfe abgelehnt. Ich wollte einfach nicht meinen allerletzten Lebensabschnitt in fremder Umgebung und unter dem Diktat medizinischer Maßnahmen verbringen. Also stürzte ich mich in meinen ganz normalen Alltag. Ich besaß ein kleines Restaurant, und das Geschäft nahm mich von morgens bis spät abends in Anspruch. Zwar fielen mir die alltäglichen Verrichtungen in meinem Job zunehmend schwerer, denn ich hatte unter vielerlei unangenehmen Symptomen zu leiden. Aber ich war dennoch fest entschlossen, so lange wie möglich mein normales Leben beizubehalten.

Zwei Wochen zuvor hatte ich meiner Freundin Angie von meiner Krankheit erzählt. Wie alle mir nahestehenden Menschen war sie sehr betroffen angesichts meines Schicksals und wollte mir helfen. Hätte sie mir vorher erzählt, was sie plante, so hätte ich rundheraus abgelehnt. Doch Angie erzählte mir gar nichts und kam an diesem denkwürdigen Abend mit zwei Männern und einer weiteren Frau zum Essen in mein Lokal. Bei der Begrüßung stellte sie mir ihre Freunde vor, und dabei fiel mir auf, dass die Frau, die mir als Kerstin vorgestellt wurde, mich seltsam eindringlich ansah. Für den Bruchteil einer Sekunde war mir, als würde sie geradewegs in meine Seele schauen. Doch dieser Moment ging vorbei, und zurück blieb ein Gefühl leichter Verwirrung. Ich brachte die Gruppe an ihren Tisch, und das ganz normale Abendgeschäft nahm seinen Lauf. Einige Male bemerkte ich an diesem Abend, dass Kerstins Blicke mir folgten. Ich fühlte mich seltsam unbehaglich.

Nach einiger Zeit rief meine Freundin Angie mich zu sich an den Tisch. Sie fragte mich flüsternd, wie es mir ginge und raunte mir zu, dass Kerstin die Fähigkeit hätte, Hand aufzulegen. Und Angie fragte mich vorsichtig, ob sie es denn wohl später am Abend mal bei mir versuchen sollte. Im ersten Moment war ich ärgerlich. Ich wollte nicht, dass meine Mitmenschen mir ständig neue Vorschläge zu meiner Heilung machten. Ich fühlte mich bevormundet und war sicher, dass mir ohnehin Nichts und Niemand wirklich würde helfen können. Aber meine Freundin hatte es gut gemeint und ich wollte sie nicht vor den Kopf stoßen. So fing alles an.

Nachdem alle Gäste und das Personal gegangen waren, saßen mein Partner und ich bei Angie und ihrer Gruppe am Tisch. Es war die Walpurgisnacht, wir hatten Vollmond, und vielleicht konnte es keinen besseren Tag geben für das, was dann geschah. Kerstin, die fremde Frau mit dem wissenden Blick, fragte mich nun selbst, ob es für mich in Ordnung sei, wenn sie mal meine Hände in ihre nähme. Obwohl ich mich etwas beklommen dabei fühlte, stimmte ich zu. Also setzte sich Kerstin mir genau gegenüber und nahm meine Hände. Dabei schaute sie mich offen und aufmerksam an. Wir saßen eine ganze Weile so da, während am Tisch die Unterhaltung dahinplätscherte. Plötzlich veränderte sich Kerstins Gesichtsausdruck. Sie sah aus, als litte sie Qualen. Wenig später begann sie leise zu weinen, hielt aber immer noch meine Hände fest. Ich kann nur schwer beschreiben, wie ich mich dabei fühlte. Ich hatte das Gefühl, mit dieser fremden Frau auf seltsame Art fest verbunden zu sein. Ich wusste, dass sie in diesem Moment meine innersten, verborgensten Gefühle spürte. Sie wusste von meinen Ängsten, die ich bis dahin niemandem verraten hatte. Sie wusste, nein, sie durchlitt meine Sorgen um meine Gesundheit, meinen selbstauferlegten schweren Kampf um das Bestehen meines anstrengenden Alltags. Sie wusste genau, wie ich mich fühlte, denn sie erlebte es in diesem Moment. Die Ängste und die Zweifel, die mich plagten, fanden durch sie den Weg hinaus. Kerstin weinte meine Tränen, die ich seit Monaten nicht zugelassen hatte. Ich habe nie in meinem Leben einen bewegenderen Moment erlebt.

Alle am Tisch spürten, dass etwas ganz Besonderes geschah und sahen gebannt zu uns hin. Kerstin schaute mich an und sagte: »Du bist stark. Du schaffst es. Du wirst nicht sterben.« Noch immer hielt sie meine Hände und wiederholte dabei immer wieder: »Du schaffst es. Du hast so viel Kraft.« Unter all den Emotionen, die sie durch mich erlebte, spürte sie die große Kraft, die in mir steckte. Nach einiger Zeit ließ sie meine Hände los, sah alle Anwesenden an und sagte: »Fragt mich nicht warum, aber ich weiß, dass sie es schafft.« Und dann bestätigte sie, was auch ich empfunden hatte. Sie sah mich an und sagte: »Du hast so viele Ängste. Ich habe es genau gespürt. Wie kommst Du nur mit dieser immensen Belastung zurecht?« Ihre Worte taten mir gut, denn ich war sicher, dass sie wirklich genau wusste, wie ich mich fühlte, während alle anderen dies doch höchstens ahnen konnten. Zudem hatte ich ja immer darauf geachtet, meine wahren Gefühle nicht zu zeigen. Doch vor Kerstin konnte ich meine sorgsam aufgebaute Fassade nicht halten. Sie schaute einfach durch alles hindurch in mich hinein. Zum ersten Mal war ich dankbar für fremde Anteilnahme und für entgegengebrachtes Mitleid, zumal Kerstins Mitleid im wahrsten Sinne des Wortes aus mitgelittenen Emotionen entstanden war. Es war wie eine Befreiung für mich. Endlich wusste jemand, wie ich mich wirklich fühlte. Und ich ließ zu, wie sie es den anderen am Tisch erklärte. »Christine hat Angst, dass sie den Alltag nicht schafft. Sie kämpft immerzu darum, einen gesunden Eindruck zu machen. Sie möchte nicht, dass die Gäste merken, dass sie krank ist. Es kostet sie ungeheure Kraft, täglich ihre Arbeit zu verrichten. Und sie hat entsetzliche Angst zu versagen. Und sie hat Angst, vor der Krankheit zu kapitulieren.« Ich konnte zu diesen Schilderungen nur stumm nicken. Dies war der Beginn einer bemerkenswerten Genesungsgeschichte.

In den folgenden Monaten kam Kerstin mehrmals wöchentlich zu mir, um mich durch das Auflegen ihrer Hände zu behandeln. Gemeinsam erlebten wir ganz seltsame Reaktionen, sowohl in meinem Körper als auch bei ihr. Gemeinsam wuchsen wir in diese Behandlungsform hinein. Kerstin war damals keineswegs eine routinierte, erfahrene Heilerin. Sie hatte zwar bereits erste Berührungen mit ihrer Lebensaufgabe gehabt, aber es war das erste Mal, dass ihr ein solch schwerer Fall begegnete. Gemeinsam lernten wir, ihre Fähigkeiten auf meine Bedürfnisse abzustimmen, und es ging mir langsam, aber stetig besser, während sie immer mehr lernte, auf ihre Intuition zu hören und zu vertrauen. Nach einem Jahr hatte das kranke Gewebe –entgegen jeder Prognose- begonnen, sich zurückzubilden. Es war nicht immer nur das Handauflegen allein, sondern oft auch das Gefühl, auf besondere Weise verstanden und geliebt zu werden, das mir half, mich besser zu fühlen. Kerstin erspürte grundsätzlich auch meinen emotionalen Zustand, und in ihrer Nähe fühlte ich mich nicht mehr so isoliert von der Welt der Gesunden.

Es gibt viele verschiedene Formen von Energiebehandlungen. Reiki gehört dabei sicher zu den bekanntesten. Auch die eingangs erwähnte Pranaheilung fällt unter diese Überschrift. Manche Heiler setzen die T-Touch-Methode von Linda Tellington-Jones ein, andere arbeiten mit Shiatsu. All diese und viele andere sind standardisierte Vorgehensweisen, die bereits von anderen Anwendern getestet und kontinuierlich verbessert worden sind.

Und dann gibt es natürlich auch viele Heiler, die –so wie Kerstin- keine bestimmte Methode kopieren, sondern ihre eigene Vorgehensweise unter Einsatz ihrer Intuition entwickeln, um anderen Menschen zu helfen.

In allen Bereichen gibt es leider auch Scharlatane und Trittbrettfahrer, die aus falschen Motiven heraus handeln, den Hilfesuchenden zu viel versprechen und oftmals gar nicht helfen können. Wegen solcher schwarzen Schafe sind Heiler in unserer Gesellschaft in Verruf geraten. Doch meine Erfahrung ist trotzdem, dass die meisten in diesem Bereich Tätigen das Heilen als echte Berufung erleben.

Ihnen allen ist gemeinsam, dass sie mit Energie arbeiten und die Selbstheilungskräfte des Patienten aktivieren. Zu welchem Ergebnis dies führt, hängt also einerseits von ihren Fähigkeiten ab, aber andererseits spielen die eigenen Bemühungen und die innere Einstellung des Betroffenen eine ebenso entscheidende Rolle für den Behandlungserfolg. Energiearbeit bietet in jedem Fall Behandlungsmethoden, die für die Patienten nicht angstbesetzt sind und die ganzheitliche Sichtweise unterstützen. Oft »entschuldigen« Betroffene den Gang zu einem Heiler vor sich selbst oder ihren Angehörigen damit, dass man »eine solche Methode ja ruhig einmal ausprobieren dürfe«, da sie schließlich »nicht schaden könne«.

Ich persönlich bedaure sehr, dass es in unserer Gesellschaft noch immer nicht normal ist, zusätzlich zur Schulmedizin einen Heiler aufzusuchen, wenn es darum geht, gesund zu werden. Die Antwort auf die Frage nach der Ursache unserer Erkrankung liegt ohnehin immer in uns selbst. Ein Heiler kann uns dabei helfen, diese Antwort zu finden, indem er die richtigen Fragen stellt, die richtigen Rituale einleitet und uns mit genügend Energie versorgt. Die Schulmedizin kann uns helfen, indem sie den Gesundungsprozess durch wissenschaftliche Maßnahmen von außen unterstützt. In jedem Fall hängt der Heilungserfolg jedoch von unserer inneren Bereitschaft ab.

Von Auren und Chakren

Um die Energieheilung besser zu verstehen und anwenden zu können, begann ich zu lernen, wie diese Energiearbeit funktioniert. Die uns innewohnende Energie strahlt nach außen und umhüllt unsere sichtbare Körperhülle. Diese äußere Energiehülle nennt man Aura. Mit etwas Training und Gespür kann Jeder lernen, diese Aura zu ertasten. Hellsichtige können sie sogar sehen. Am leichtesten lässt sich die Aura eines Menschen vielleicht als »Lichtfeld« beschreiben.

Übrigens haben Hellsichtige immer wieder bestätigt, dass beispielsweise der Gebrauch von Drogen die Aura kurzfristig durchgängiger macht, was zu den besonders intensiven Erlebnissen unter dem Einfluss halluzinogener Drogen führt. Langfristig jedoch hinterlassen Drogen Löcher in der Aura, durch die unsere Energie abfließen kann. Alkohol und unharmonischer Sex haben den gleichen Effekt auf unsere Aura. Interessant ist in diesem Zusammenhang auch die Tatsache, dass sich beim Sex die Energiefelder der Liebespartner miteinander vermischen. Diese Verquickung kann bis zu 48 Stunden anhalten. Jeder mag sich selbst ausmalen, welche energetischen Auswirkungen sein eigenes Sexualverhalten mit sich bringt.

Nun gibt es verschiedene Zentren, durch die Energie besonders intensiv aufgenommen und abgegeben wird. Ein solches Zentrum nennt man »Chakra«. Jedes sitzt in einem anderen Bereich des Körpers und hat ganz besondere Funktionen. Die Chakren nehmen Energie aus der Umgebung in sich auf, aus der Natur, aus der Aura der Pflanzen, Tiere und Mitmenschen, aus Sonne, Mond und Gestirnen und dem gesamten Kosmos. Andererseits lassen die Chakren die kosmische Lebensenergie, genannt »Qi« oder »Prana«, in den ganzen Menschen hinein strahlen.

Jedes einzelne Chakra bildet jeweils den Mittelpunkt für Tausende von feinstofflichen Energiebahnen, sogenannte »Nadis«, über die Energie in den ganzen Körper weitergeleitet wird. Die Chakren dienen somit als Transformationszentren, in denen die aufgenommene Energie gesammelt, umgewandelt und für körperliche, seelische und geistige Prozesse zur Verfügung gestellt wird. Darüber hinaus kann der Mensch über seine Chakren auch positive Kräfte nach außen strahlen und Einfluss auf seine Mitwelt nehmen. Die Chakren ermöglichen also den Austausch zwischen Innen und Außen.

Je nach Sichtweise wird zwischen sieben bis zwölf Hauptchakren und unzähligen Nebenchakren unterschieden. Ich selbst arbeite überwiegend mit sieben Hauptchakren.

Es sind dies:

- Wurzelchakra oder "Muladhara"-Chakra, im Bereich der Wirbelsäule auf Steißbeinhöhe (Sitz der ursprünglichen Lebensenergie)
  Der geistige Themenbereich dieses Chakras betrifft das Urvertrauen, die existenzielle Verwurzelung, die »Erdung« eines Menschen sowie Ängste und Depressionen.

Auf körperlicher Ebene ist das Wurzelchakra für Knochen, Zehen und Nägel, die Dickdarmfunktion und die Blutqualität verantwortlich.
Das Wurzelchakra benötigt also erhöhte Aufmerksamkeit, wenn man zu Kreuzschmerzen neigt, an Darmproblemen leidet, sich zu wenig bewegt, leicht friert, sich schnell erschöpft fühlt, Existenzängste hat und einfach nicht genügend Vertrauen in das Leben aufbringen kann.

- Sakralchakra oder "Svadhisthana"-Chakra, im Bereich zwischen Geschlechtsorganen und Bauchnabel (Sitz der sexuellen Energie und der Sinnlichkeit)
  Die geistigen Themen dieses Chakras kreisen um Sinnlichkeit und Lebensfreude.
  Auf körperlicher Ebene finden sich hier Verbindungen zu den Geschlechtsorganen sowie Nieren und Blase.
  Das Svadhisthana-Chakra benötigt eine Stärkung, wenn sexuelle Störungen vorliegen, die Blase, Nieren oder Geschlechtsorgane sich problematisch gebärden, Eifersucht und Schuldgefühle vorhanden sind, Leistung und Disziplin eine zu große Rolle spielen und es dem Betroffenen grundsätzlich an Lebensfreude mangelt.

- Solarplexuschakra oder "Manipura"-Chakra, im Magenbereich am Übergang zwischen Lenden- und Brustwirbelsäule (Sitz der Emotionen, der Persönlichkeit und Durchsetzungskraft)

Hier geht es um Zweifel, Ängste und Selbstachtung.

Im körperlichen Bereich wirkt das Solarplexuschakra auf die Verdauungsorgane, also auf Magen, Galle, Leber, Milz und Dünndarm sowie die gesamte Bauchhöhle.

Wer unter Essstörungen und Gewichtsproblemen leidet, Alpträume oder Schlafstörungen hat, anfällig für Magenprobleme und Sodbrennen ist, und wem es schwer fällt, seine Gefühle frei auszudrücken, der sollte sich verstärkt um sein Manipura-Chakra kümmern.

- Herzchakra oder "Anahata"-Chakra, im Bereich des anatomischen Herzens, jedoch nicht nach links verschoben, sondern in der Körpermitte (Sitz der Liebe und des Mitgefühls)

  Der geistige Themenbereich umfasst die gesamte Liebesenergie und reicht von Einsamkeit, Gefühlskälte und Kontaktschwierigkeiten bis zu Herzenswärme, Verbindlichkeit, Freundlichkeit, Güte und Liebe.

  Die körperlichen Aspekte betreffen den Blutkreislauf und den Blutdruck, das Immunsystem, die Lungen und natürlich auch das anatomische Herz.

  Besondere Aufmerksamkeit fordert dieses Chakra, wenn ein Mensch zwischenmenschliche Probleme hat, sich selbst nicht lieben kann, sich einsam fühlt, unter Atembeschwerden, Hauterkrankungen oder häufigen Erkältungen leidet und sich generell nur schwer auf andere Menschen einlassen kann.

- Halschakra oder "Vishuddha"-Chakra, im Bereich der Halswirbelsäule, etwa auf Höhe des Kehlkopfes (Sitz des kreativen Potenzials und der Kommunikation)
  Hier werden Fragen der Kommunikation thematisiert, es geht um Lüge und Wahrheit, um Sprachstörungen, Hemmungen und Schüchternheit, den Ausdruck von Gefühlen und um Musik.
  Anatomisch geht es um den Hals-, Kehlkopf- und Kieferbereich sowie um die Luft- und Speiseröhre, die Schilddrüse als auch die oberen Lungen, die Atmung und die Stimme.
  Eine Vishuddha-Therapie ist angeraten, wenn jemand oft Nacken-, Schulter- oder Halsverspannungen hat, die Schilddrüse erkrankt ist, Sprach- oder Sprechstörungen vorliegen, wenn es schwer fällt, bei der Wahrheit zu bleiben und man sich allgemein nur schwer ausdrücken kann.

- Stirnchakra oder "Ajna"-Chakra, im Bereich zwischen den Augenbrauen, etwas oberhalb der Nasenwurzel (Sitz der Intuition und der Phantasie)
  Die geistigen Themen umfassen Konzentration, Kreativität, Phantasie, auch Schizophrenie.
  Im anatomischen Bereich finden wir hier das Gehirn, die Augen, die Nase, das Ohr.
  Wer anfällig für Kopfschmerzen oder Schnupfen ist, Augenprobleme hat, sich nicht konzentrieren kann, Stimmungstiefs hat und das Leben sinnlos findet, sollte sein Stirnchakra stärken.

- Kronenchakra oder "Sahasrara"-Chakra, im Bereich der Schädeldecke, oberhalb des Scheitelpunktes des Kopfes, also außerhalb des Körpers (Verbindung zum wahren Ursprung, zum Göttlichen) Hier sitzen geistige Themen wie Spiritualität, Religion, Entscheidungsfähigkeit, Lebenssinn und Zufriedenheit.
  Anatomisch lässt sich das Kronenchakra keinem bestimmten Organ zuordnen. Dafür übt es eine schützende Wirkung auf den Gesamtorganismus aus, es reguliert die lebenserhaltenden Programme des Körpers und der Zellen und wirkt auf die Funktion der Epiphyse (Zirbeldrüse).
  Dieses Chakra erfordert eine erhöhte Aufmerksamkeit, wenn chronische oder lebensbedrohliche Erkrankungen vorliegen, das Immunsystem gestört ist, es an Lebensfreude mangelt oder gar Depressionen diagnostiziert sind.

Mit speziellen Methoden kann auf die einzelnen Chakren gezielt eingewirkt werden, z. B. mit Yogaübungen, aber auch mit Naturheilmitteln, mit Farben oder Düften und auch mit Klängen. All diese Ansätze ergänzen sich zudem hervorragend untereinander. Chakraarbeit gehört zu den wichtigsten und einflussreichsten spirituellen Methoden. Dabei wird grundsätzlich die körpereigene Abwehr gestärkt, der Kreislauf wird harmonisiert, die Organe entgiftet und ihre Funktion verbessert, die Durchblutung optimiert, Haltungsschäden korrigiert, der Stoffwechsel aktiviert und obendrein noch der Alterungsprozess verzögert. Eine Chakra-Therapie reinigt das betroffene Chakra, beseitigt seine Blockaden, regt den Energiefluss an, wirkt entspannend, erhöht das körperliche Wohlbefinden und führt zu seelischer Ausgeglichenheit.

Die Kraft der Visualisierung

Es war also durch den neuen Ausbruch meiner Krankheit der gesamte Freundes- und Familienkreis aufgeschreckt worden. Die meisten Menschen in meinem Umfeld reagierten mit einer ungeheuren Betroffenheit und ich wurde bald überschwemmt von gut gemeinten Hinweisen auf Sendungen, Bücher, Vorträge und Zeitungsartikel. Eine meiner Freundinnen brachte mir einige Bücher von Carl Simonton. Dr. Carl Simonton ist Onkologe und Spezialist für Strahlentherapie, der nach jahrelanger Erfahrung als Krebsforscher und Krebsberater heute ein eigenes Krebszentrum in Kalifornien, USA, betreibt. In seinen Büchern las ich zum ersten Mal über die Kraft der Visualisierung.

Natürlich durchforstete ich auch viele autobiografische Bücher von Menschen, die ihre Krebserkrankung überwunden hatten. Sehr oft hatten die Betroffenen –bewusst oder unbewusst- Visualisierungen in ihren Heilungsprozess integriert.

Visualisierung wurde neben Affirmationen auch zu einem wichtigen Bestandteil meines selbst zusammengestellten Behandlungsplanes. In vielen Meditationsformen wird ohnehin mit Visualisierungen gearbeitet.

Bei vielen Menschen ist das visuelle Vorstellungsvermögen gut entwickelt. Es fällt ihnen leicht, »in Bildern« zu denken. Andere dagegen »fühlen« lieber und wieder andere lassen lieber »Gedanken« entstehen. All diese

Ansätze sind geeignet für eine Visualisierung. Es sollte die Methode gewählt werden, die jeweils am leichtesten fällt. In einem Zustand maximaler Entspannung wird nun ein Bild erdacht, gefühlt oder gesehen, das einen gewünschten Verlauf oder das ersehnte Ziel beschreibt. So kann bei einer Krebserkrankung beispielsweise damit gearbeitet werden, dass der Erkrankte visualisiert, wie die Krebszellen in seinem Körper sich auflösen oder aufgefressen oder weggefegt werden. Der Phantasie sind bei einer Visualisierung keine Grenzen gesetzt, und das Einsatzgebiet ist unendlich. Jedoch ist es von äußerster Wichtigkeit, dass die benutzten Vorstellungsbilder unbedingt positiv sind. Die regelmäßig visualisierten Vorstellungen werden nun über das Unterbewusstsein Einfluss auf die körperlichen und geistigen Ereignisse des Betroffenen einwirken. Tatsächlich können nun Prozesse ablaufen, die zuvor als »unmöglich« eingestuft worden waren. Im gewählten Beispiel wäre es also möglich, dass bei regelmäßiger Anwendung der Visualisierung eine Rückbildung, bzw. Auflösung des Krebses erreicht wird. Ganz so einfach und fantastisch, wie es sich hier anhören mag, ist es in Wahrheit sicher nicht, aber Visualisierungen können einen wichtigen Ergänzungsbeitrag zu anderen Therapien leisten, die der Erkrankte durch aktive Mitarbeit erbringt, anstatt darauf zu warten, dass die Spezialisten seinen Körper von außen reparieren. Beispielsweise kann visualisiert werden, wie die giftigen Bestandteile einer Chemotherapie vom Körper begrüßt und an die richtigen Stellen geleitet werden, um dort gezielt die entarteten Krebszellen zu vernichten. Wenn der Patient nun gleichzeitig visualisiert, wie froh der gesamte

Organismus über die Ankunft der chemischen Keule ist, wird er die üblichen negativen Begleiterscheinungen einer solchen Therapie nicht oder nur sehr abgeschwächt erleiden müssen.

Die meisten Schulmediziner lehnen die Auffassung, dass der Patient einen weitaus größeren Einfluss auf seinen Krankheitsverlauf nehmen kann als bisher bekannt, kategorisch ab. Ich kann aber nur allen Betroffenen raten, sich bei der Behandlung ihrer Krankheit nicht von den Ärzten das Zepter aus der Hand nehmen zu lassen. Wer sich nicht willenlos in die Behandlungsmaschinerie der Mediziner begibt, sondern gemeinsam mit dem Arzt an einer Steigerung seines Wohlbefindens arbeitet, wird größere und schnellere Erfolge haben. Im Einzelfall mag dies bedeuten, dass man den Arzt wechseln muss, um auch von dieser Seite die nötige Akzeptanz, Offenheit und das erforderliche Vertrauen zu erhalten, die für eine solch aktive Mitarbeit an der Behandlung nötig sind. Dafür ist es wichtig, dass der Arzt nicht ausschließlich die körperlichen Symptome berücksichtigt sondern Körper und Geist als ein integriertes System begreift. Glücklicherweise wächst die Zahl solcher einsichtigen Mediziner beständig.

In der Zusammenarbeit mit einem solch aufgeschlossenen Arzt, der dem Betroffenen das Gefühl vermittelt, wirklich um ihn besorgt zu sein, kann nun ein Patient erfolgreich daran arbeiten, seine eigene innere Einstellung zu positivieren. Die emotionale Grundhaltung eines Menschen spielt eine entscheidende Rolle bei der Entstehung von Krankheiten, bei ihrem Verlauf und ihrer Heilung. Bereits im zweiten Jahrhundert stellte der griechisch-römische Arzt Galenus Galen fest, dass fröhliche Frauen weniger zu Krebs neigten als schwermütige. Ich selbst habe die Erfahrung gemacht, dass ich mich an fröhlichen Tagen mit befreiten Gesprächen wesentlich wohler fühlte als an anderen. Und ganz besonders belastend fand ich eine leider typische Reaktion vieler Menschen, die erfuhren, dass ich Krebs hatte. Eine Unterhaltung läuft dann etwa so:

»Ach, Sie haben Krebs?!« Dabei senkt sich bereits die Stimme und nimmt einen verschwörerischen Ton an.

»Ja, aber es geht mir ganz gut.« Diese Aussage erntet einen tadelnden Blick. Eine peinliche Stille tritt ein.

»Der Cousin meiner Schwägerin hatte »auch« Krebs. Der fühlte sich nach seiner Chemo »auch« noch ganz wohl. Und dann ging alles ganz schnell. Die letzten zwei Tage lag er in der Klinik im Koma, ist gar nicht mehr aufgewacht, bevor er starb. Hirntumor! Für seine Frau war das damals ganz schrecklich.«

Bei dieser Aussage wird traurig mit dem Kopf geschüttelt. Ein weiterer Gesprächsteilnehmer schaltet sich ein:

»Ja, Krebs ist und bleibt doch in den meisten Fällen ein Todesurteil...«

So oder ähnlich sind viele Gespräche abgelaufen, während ich mit der Diagnose »Krebs, nicht therapierbar« konfrontiert war. Ich war häufig erschrocken, wie unsensibel Menschen auf die Gefühlslage ihrer Gesprächspartner reagieren. Nach solchen Gesprächen fühlte ich mich oft sehr mutlos. Wie sollte ich wieder gesund werden, wenn doch so viele Betroffene vor mir »auch« gestorben waren???

Zwar glauben die Menschen in aller Regel eher an den Zusammenhang zwischen negativen Erwartungen und Tod als an den zwischen positiven Erwartungen und Heilung. Aber die emotionale Konditionierung wirkt eben auch anders herum. Man nennt dieses Phänomen allgemein »self-fulfilling prophecy«, d. h. wenn der Mensch bestimmte Geschehnisse erwartet, verhält er sich so, dass er das Eintreten des Erwarteten begünstigt.

Der erste entscheidende Schritt von einer negativen Erwartungshaltung hin zu einer positiven Einstellung liegt oft darin, sich die möglichen Auswirkungen der eigenen inneren Einstellung bewusst zu machen.

Mit der geänderten positiven Grundeinstellung kann ein Kranker nun in seiner Phantasie Bilder entstehen lassen, die den Behandlungsverlauf, die Nebenwirkungen oder die Heilung auf ganz positive Weise darstellen. Ich selbst habe mir immer wieder vorgestellt, wie kleine durchsichtige schwebende Wesen in meinen Kopf flogen und dort die Tumore umschwebten wie ein sanfter Wind und damit das Gewebe weicher machten. Bei jedem »Besuch« meines Kopfes nahmen diese freundlichen Wesen ein klitzekleines Stückchen des Krebsgewebes mit, so dass mit der Zeit der Tumor kleiner und kleiner wurde. Dies alles »geschah« in einer absolut freundlichen, von Liebe getragenen Grundstimmung und beruhigte mich zudem zutiefst und erleichterte mir das Bestehen meines anstrengenden Alltags.

Selbstverständlich wirken Visualisierungen nicht nur bei Krebserkrankungen, sondern erleichtern den Genesungsprozess auch bei allen anderen Krankheiten und ebenso bei Problemen und Schwierigkeiten im Leben. Mit einer regelmäßig durchgeführten Entspannungs- und Visualisierungsmethode können Ängste abgebaut, Verhaltensänderungen bewirkt und der Lebenswille gestärkt werden. Es können physische Veränderungen herbeigeführt und mit dem Unterbewusstsein kommuniziert werden.

Meine erste Begegnung mit einer erfolgreichen Visualisierung, hatte ich jedoch aus einem ganz anderen Anlass. Eine komplizierte mehrwöchige Zahnbehandlung erforderte auch mehrere chirurgische Eingriffe. Bei dem ersten dieser Eingriffe hatte man mich mit örtlichen Betäubungsmitteln regelrecht vollgepumpt, ich war jedoch trotzdem so ängstlich und verkrampft, dass die zwei Stunden währende OP für mich und den Chirurgen gleichermaßen eine Tortur waren. Vor der nächsten anstehenden Operation wurde ich nun gefragt, ob ich es einmal mit einer Art Hypnose probieren wollte. Allein das Wort machte mir Angst, wollte ich doch nicht die Kontrolle(!) verlieren. Da ich gleichzeitig sehr neugierig war, ließ ich mich schließlich – etwas beklommen- doch auf das Experiment ein.

Ich nahm auf dem Zahnarztstuhl Platz, bekam nach einigen einleitenden Erklärungen und Kommunikationsvereinbarungen einen Kopfhörer aufgesetzt und einen Lautstärkeregler in die Hand gedrückt. Dann wurde ich in die OP-Position gefahren, der Raum wurde abgedunkelt, und ich wurde allein gelassen. Eine angenehme Stimme drang an mein Ohr. Ich wurde angewiesen, bestimmte Atemübungen zu machen, bis ich vollständig entspannt in meinem Zahnarztstuhl lag. Die Stimme sprach weiter und erklärte mir die Notwendigkeit des vor mir liegenden Eingriffs. Ich sollte mir vorstellen, wie ich meinen Mund, meine Zähne und meinen Kiefer zur Behandlung an den Zahnarzt abgab, während ich mich weiter entspannte. Nun sollte ich mir ein großes Ventil vorstellen, das ich mit beiden Händen und all meiner Aufmerksamkeit zudrehte und damit die Zugangsmöglichkeit für den physischen Schmerz abdrehte. Wann immer ich im weiteren Verlauf der Meditation und der zeitgleich ablaufenden Behandlung durch kleine Schmerzmomente gestört würde, sollte ich das Ventil wieder weiter zudrehen. – Inzwischen hatte fast unbemerkt der Eingriff begonnen. Ich folgte der Stimme und war ganz entspannt. Die Stimme führte mich an weitere Orte, die ich visualisieren wollte, und ich machte eine wundervolle Entdeckungsreise, befand mich auf Mauritius (»meiner« Insel!), während mein Zahnarzt mich in Hamburg operierte. Manchmal piekste es irgendwo etwas, aber ich hatte keine Schmerzen. Nach zwei Stunden war alles vorüber, ich fühlte mich extrem entspannt, hatte keine Betäubungsmittel gebraucht und zudem das subjektive Gefühl, das Ganze habe nur zwanzig Minuten gedauert.

Nachdem ich das Prinzip begriffen hatte, brachte ich mir beim nächsten Mal eine heißgeliebte CD mit Chopin-Aufnahmen von Arthur Rubinstein mit und begab mich ohne die anleitende Stimme in die Welt meiner inneren Bilder. Ich visualisierte, wie ich die Verbindung zu meinem Kiefer unterbrach, damit dieser Bereich vom Fachmann, dem Zahnarzt, »repariert« werden konnte, während ich mich selbst zur Entspannung an einen wunderschönen Strand begab. Nach dieser ersten eigenständigen Visualisierungsmeditation meines Lebens fühlte ich mich nicht nur wunderbar entspannt und stolz, sondern hatte eine langwierige Zahnbehandlung abgeschlossen. Mein Zahnarzt bedankte sich bei mir nicht nur für meine Mitarbeit, die ihm ein entspannteres Arbeiten ermöglicht hatte, sondern auch für die schöne Musik, die ich mitgebracht hatte!

Weisheit der Karten

In Zeiten der vollständigen Unsicherheit über meinen weiteren Lebens- und Krankheitsverlauf wurde mir eine Kartenlegerin empfohlen. Auf der Suche nach Zuversicht griff ich dankbar auch nach diesem Strohhalm. Zutiefst beklommen schritt ich wenige Tage später die Stufen des Treppenhauses hinauf, die mich zu Ännes Wohnung führten.

Ich war noch niemals bei einer Wahrsagerin gewesen und war gleichzeitig sehr neugierig, ängstlich, aber auch voller Hoffnung auf Hoffnung.

Ich hatte das große Glück, an eine begnadete Seherin geraten zu sein, die beim Legen der Karten sofort meine Schwingung aufnahm und mir viele Dinge über mein Leben erzählte, die sie doch eigentlich gar nicht wissen konnte! Es war die aufregendste und spannendste Stunde meines Lebens, doch die wichtigste Aussage der Kartenlegerin war, dass ich gesund werden würde!

Als ich damals das erste Mal Ännes kleine, gemütliche Wohnung aufsuchte, hatte ich mit einer skurrilen, fremd wirkenden und angsteinflößenden Frau in dunklen Räumen gerechnet. Doch die Tür zu der gemütlichen, lichten Wohnung wurde geöffnet von einer total flippigen, extrovertierten, fröhlichen Frau, deren dicke Perserkatze bereits erwartungsvoll auf dem Küchentisch Platz genommen hatte. Änne begann sogleich auf mich einzureden, von ihrem Enkelkind zu erzählen und mir somit die anfängliche Scheu zu nehmen.

Wir nahmen bewaffnet mit einer Tasse Kaffee an ihrem Küchentisch Platz und sie gab mir ein Deck Skatkarten zum Mischen. Dann legte sie mit rasanter Geschwindigkeit die Karten vor sich aus.

Zu jenem Zeitpunkt war ich ja schwer krank und befand mich in einer karmisch belastenden Beziehung zu dem Mann, der mir immer wieder Energie abzog, mich im Wechsel »für immer« verließ, um kurz darauf »für immer« zurück zu kommen, so dass ich in diesem rasanten Karussell widersprüchlicher Gefühle kaum noch die Besinnung behalten konnte.

Änne und ich kannten uns nicht, und sie wusste gar nichts über mich. Das erste, was diese fremde sympathische Frau nun wie aus der Pistole geschossen zu mir sagte, war wortwörtlich: »Den Typen, den Sie da haben, können Sie aber echt knicken.«

Mit anderen Worten hatten meine Freunde und Verwandte mir dies seit Monaten gepredigt. Und auch ich selbst vernahm die innere Stimme, die mir sagte, dass er nicht gut für mich war. Aber ich bildete mir ein, ohne ihn nicht leben zu können. Und nun das!

Änne sah dann noch, dass es mir »gesundheitlich nicht so gut ginge«, aber das würde vorbei gehen. Jede Aussage wurde immer wieder gekrönt von dem Hinweis, dass mein derzeitiger Partner nicht gut für mich wäre. Schließlich prophezeite Änne mir, dass ich eine große Reise machen würde. An dieser Stelle meldeten sich bei mir aber heftige Zweifel an ihrer Kompetenz! Ich hatte in meinem bisherigen Leben die halbe Welt bereist, sehr viel gesehen und stand nun vor den Scherbenhaufen meines Lebens: Schwer krank, mit einem emotional unberechenbaren Partner, einem arbeitsintensiven Geschäft und begrenzten finanziellen Mitteln. Und ausgerechnet ich sollte nun eine große Reise machen?!

Wenige Wochen später ergab sich völlig überraschend die Möglichkeit, nach Neu Mexico zu reisen und dort im Light-Institute von Chris Griscom eine Reinkarnationstherapie zu durchlaufen – eine wahrhaft große, nämlich eine innere Reise ganz besonderer Art! Wenige Tage vor dieser Reise warf ich überdies meinen Partner hinaus. Alles entwickelte sich plötzlich ganz schnell, und erst sehr viel später wurde mir im Rückblick klar, dass Änne all dies mit Hilfe der Karten vorausgesehen hatte. Meine Zweifel waren beseitigt!

Seit jener Zeit besuche ich sie einmal im Jahr und gehe stets voller Zuversicht aus diesen Treffen hervor!

Fast alle Dinge, die Änne mir jemals vorausgesagt hatte, sind bisher schon eingetroffen, auch wenn sie oft zum Zeitpunkt der Voraussage mehr als unwahrscheinlich schienen.

Der Besuch bei einer Kartenlegerin verläuft sicher in jedem Fall anders. Und Zweifler mögen fragen, wie denn in den Karten irgendeine seriöse Botschaft stecken kann. Die Antwort ist vergleichsweise einfach. Nicht die Karte selbst enthält die Information, sondern durch die richtige Intention des Kartenlegers, seine bewusste Verbindung mit dem »Höheren Selbst«, der »Inneren Führung« oder für welchen der zahlreichen Begriffe man sich auch immer entscheiden mag, »empfängt« er die richtigen Ansagen. Die Karten dienen also lediglich als Medium, sind ein äußerliches Hilfsmittel, die Verbindung zu anderen, uns innewohnenden Erkenntnisquellen herzustellen. Die Begabung des guten Kartenlegers liegt deshalb tatsächlich darin, sich mit der Essenz, der Energie, der inneren Wahrheit des Ratsuchenden zu verbinden und als Vermittler und Übersetzer zu fungieren.

Nie hatte ich gedacht, dass ich schon kurz nach meinem ersten Besuch bei Änne selbst anfangen sollte, diese Rolle zu lernen. Doch eines Morgens wachte ich auf und hatte noch aus meinem Traum das klare Bild einer Kreuz 9 und einer Kreuz 10 vor Augen. Sonst nichts, nur diese beiden Karten. Das Bild hielt sich hartnäckig den ganzen Tag. Immer wieder musste ich daran denken. Ich hatte das deutliche Gefühl, dass mir dieses Bild etwas Bestimmtes sagen wollte. Doch ich wusste einfach nichts über die Bedeutung verschiedener Kartenbilder. In den folgenden Tagen fragte ich viele unterschiedliche Leute, ob sie eine Erklärung wüssten. Niemand konnte mir weiter helfen, Änne war nicht zu erreichen. Also suchte ich eine gut sortierte Buchhandlung auf und fand dort ein Buch über das Kartenlegen mit Skatkarten. »Reise bringt Veränderung« lautete die Erklärung. Wieder dieser Hinweis auf eine Reise! Mir blieb der Sinn dieser Deutung zunächst unklar. Doch kurze Zeit darauf erhielt ich dann wirklich die Möglichkeit, ins Light-Institute nach Neu Mexico zu reisen, wo ich durch eine Reinkarnationstherapie der Ursache meines Leidens auf den Grund gehen konnte. Das war schließlich der Schlüssel zu meiner vollständigen Genesung.

Ein Nebeneffekt dieser Nachforschungen nach der Bedeutung des mir erschienen Kartenbildes war, dass ich das Kartenlegebuch gleich kaufte und mit nach Hause nahm. Seitdem befasse ich mich gerne und oft mit dem Kartenlegen und habe schon häufig verblüffende Aussagen herausgearbeitet.

Bei all den Möglichkeiten, mit Hilfe der Karten in die Zukunft schauen zu können, sollte man sich auch immer der Gefahren bewusst sein. Ich halte es für falsch, wegen jeder kleinen Unsicherheit im Leben die Sterne oder die Karten zu befragen und sich dabei allzu sehr auf deren Aussage zu verlassen. Auch wenn es Wege gibt, Richtungen und Gefahren aufzuzeigen, haben wir doch immer noch selbst die Verantwortung für unser Leben. Wir sollten nicht fatalistisch die Erfüllung einer Vorsehung erwarten, sondern haben immer und zu jedem Zeitpunkt unseres Lebens die Wahl. Anstatt unsere Eigenverantwortlichkeit an die Karten abzugeben und uns in die passive Rolle des Abwartens zu begeben, können wir aktiv werden und buchstäblich jederzeit entscheiden, wohin unser Lebensweg gehen soll. Wir sind verantwortlich!

Für mich ist die Aussage der Karten mit ihrer grundlegenden Symbolik immer nur ein Spiegel des Moments. Die Karten können mir helfen zu klären, warum ich gerade eine bestimmte Erfahrung mache, welche Lehre ich daraus ziehen kann, worauf ich aufmerksam gemacht werden soll und wieweit ich gerade im Einklang mit meiner eigentlichen Bestimmung stehe. Die Verwertung und die Art der Umsetzung dieser Erkenntnisse liegt allein bei mir und kann nicht vorherbestimmt werden.

Übrigens spielt es keine entscheidende Rolle, für welche Art von Kartendeck man sich beim Kartenlegen entscheidet. Jeder Kartenleger hat seine eigenen Vorlieben, und so kann man auch beim Kartenlegen für den »Hausgebrauch« zwischen vielfältigen verschiedenen Systemen wählen, vom einfachen Skatblatt über Tarotkarten bis zu diversen themenbezogenen und oftmals künstlerisch sehr ansprechend gestalteten Kartengruppen.

Die größte Popularität, die beste Dokumentation und die längste geschichtliche Entwicklung wird man aber wohl immer noch bei den Tarotkarten finden.

Das Tarot bedient sich einer grundlegenden Symbolik, verteilt auf 78 Karten in drei Gruppen. Die stärkste energetische Ausstrahlung haben dabei die 22 Karten der sogenannten »Großen Arkana«. Diese symbolisieren archetypische universale Gesetze, Lebensprinzipien oder Kollektiverfahrungen der Menschheit und können so eine hilfreiche Brücke zur Innenwelt schlagen. Da geht es um Grundthemen wie Furchtlosigkeit, Kommunikation, Selbsterkenntnis, Liebe, Weisheit, Macht, Führungskraft, Beziehungen usw.

In der Rangliste der Bedeutung folgen die »Hofkarten«, die innere Zustände, Talente, Gaben und Fähigkeiten anzeigen sowie auf wichtige Menschen in unserem Leben hinweisen, die für uns als Spiegel fungieren können. So wie auch bei den einfachen Zahlenkarten finden wir hier außerdem eine Aufteilung in vier verschiedene

»Spielfarben«. Dies sind die »Schwerter«, die stets auf die mentale Bewusstseinsebene hinweisen, die »Kelche«, die die Gefühlsebene symbolisieren, die »Stäbe«, welche auf intuitive und spirituelle Aspekte hinweisen sowie die »Scheiben«, die für die greifbare äußere Wirklichkeit, also Gesundheit, Finanzen etc. stehen.

Als letztes folgen die Zahlenkarten der sogenannten »Kleinen Arkana«. Hier finden sich Karten jeder Spielfarbe, jeweils vom As bis zur Zehn. Sie bilden ab, welche Lektionen, Möglichkeiten, Chancen oder Erfahrungen gerade aktuell sind und geben durch die Spielfarbe auch gleich noch den entscheidenden Hinweis auf die Bewusstseinsebene, auf der sich diese abspielen.

Dies ist natürlich nur eine sehr oberflächliche Übersicht der Struktur von Tarotkarten. Jedem Interessierten stehen reichhaltige Literatur und unzählige Workshops zu diesem Thema zur Verfügung. Für Menschen, die am Anfang ihrer Reise zu sich selbst stehen, kann der Umgang mit Tarotkarten häufig einen spielerischen Einstieg ermöglichen. Deshalb möchte ich Jeden ermutigen, es einfach einmal auszuprobieren. Dabei sind sicherlich eine entspannte Grundgelassenheit und eine gehörige Portion Humor hilfreich.

Reinkarnations-Therapie

Kerstin, meine Retterin in der Not, kam eines Tages mit einem Buch zu mir, von dem sie »das Gefühl hatte«, dass ich es dringend lesen sollte. »Zeit ist eine Illusion« von Chris Griscom. Welch eine Fügung! Dieses Buch sollte der wichtigste Schritt zu meiner Heilung und meinem tiefergehenden spirituellen Verständnis werden.

Chris Griscom ist eine bekannte spirituelle Heilerin in Amerika. Sie beschreibt in diesem Buch ihre ersten Erfahrungen in der spirituellen Welt, ihre diesbezüglichen Grenzerfahrungen in Südamerika und schließlich die Arbeit mit Reinkarnations-Therapie an ihrem »Light-Institute« in Neu Mexico, USA. Dieses Buch hat mich dermaßen gefesselt, dass ich direkt im Anschluss an die Lektüre über das Internet Kontakt mit dem Light-Institute aufnahm. Ich sah jedoch zunächst keine Chance, meinen Betrieb zu verlassen und das Geld für eine derart kostspielige Reise aufzubringen. Jedoch ergab die Fügung dann doch einen Weg. Meine Mitarbeiterinnen reagierten sehr freundschaftlich und loyal und stellten sich zur Verfügung, meinen Betrieb während meiner Abwesenheit zu leiten. Das finanzielle Problem wurde gelöst durch eine spontan angebotene Leihgabe meiner Schwester, und so hatte ich wenig später das Glück, zwei Wochen in der Hochwüste Neu Mexicos zu verbringen und den tief in früheren Leben verwurzelten Ursachen für meinen aktuellen Gesundheitszustand auf die Spur zu kommen. Meine Arbeit im Light-Institute war der wichtigste Schritt zur Überwindung meiner Krankheit.

Kurz nachdem ich aus Neu Mexico zurück gekommen war, bot ich in meinem Lokal einen Informationsabend zum Thema Reinkarnationstherapie an. Zu diesem Anlass kam eine Mitarbeiterin von Chris Griscom, und der Abend wurde eingeleitet von meinem eigenen Erlebnisbericht, den ich an dieser Stelle wiedergeben möchte.

»Die ersten zwei Tage bin ich damit beschäftigt, nach Galisteo in Neu Mexico, USA, zu reisen, meinen Alltag hinter mir zu lassen und hier wirklich anzukommen. Eine Krankheit, die ich nicht mehr haben will und unzählige gute »Zufälle« brachten mich hierher. Natürlich weiß ich, dass es keine Zufälle gibt und ich einfach konsequent an diesen Ort geführt wurde, damit ich hier Klarheit und Gesundheit bekomme. Ich habe sogenannte Sessions am Light-Institute von Chris Griscom gebucht. Diese Sitzungen sollen mit Hilfe von Rückblicken und Rückführungen helfen, die Gründe für Verhaltensweisen und Krankheiten darzulegen und Fehlentwicklungen zu korrigieren.

3. Tag
Vom Hotel aus gehe ich an diesem Mittag zu Fuß zum Light-Institute. Im Büro treffe ich Nicole, mit der ich mich bereits von Deutschland aus telefonisch verabredet hatte. Ich hatte ein wenig Bedenken gehabt, ob ich zu dieser fremden Frau, mit der ich mein Innerstes bearbeiten soll, wirklich ausreichend Vertrauen haben würde. Doch beim ersten Blickwechsel sind diese Zweifel ausgewischt.

Wenn man beim Light-Institute um einen Termin für Sessions bittet, erhält man in der Regel eine Liste aller Facilitators, inklusive deren Telefonnummern. Ich erfahre, dass sich offenbar jeder intuitiv den persönlich richtig passenden Facilitator heraus sucht.

Ich gehe also mit Nicole in einen kleinen, für Sessions reservierten Raum, der uns in weißen Farben und Naturmaterialien empfängt. Es gibt eine riesige, erhöhte Liege, von weißen Laken bedeckt, und zwei gemütliche sesselartige Stühle, sowie einen Kamin, der bei dieser Sommerhitze natürlich nicht angezündet wird.

Nicole erklärt mir, dass wir gemeinsam an für mich wichtigen Themen arbeiten werden. Ich kann mir noch immer nicht vorstellen, wie genau das funktionieren wird. Nicole erklärt, dass wir zunächst wichtige Ereignisse in diesem Leben und später auch in früheren Leben betrachten werden. Dazu soll ich später ganz auf meine Intuition vertrauen und immer das aussprechen, was mir als erstes einfällt. Ich habe große Zweifel, ob es mir gelingen wird, das Denken wirklich auszuschalten.

Dann geht es los.

Nicole bittet mich, mich vollständig zu entkleiden und es mir auf der Liege unter den Decken bequem zu machen. Keine störende Kleidung soll zwischen mir und dem Universum sein. Nicole lässt mich kurz allein, und ich tue, wir mir geheißen.

Ich fühle mich auf dieser Liege sofort wohl und behaglich. Nicole betritt leise das Zimmer und bittet mich, die Augen zu schließen und tief ein- und auszuatmen. Sehr bald beginnt sie, einzelne Punkte meines Körpers durch Druck zu stimulieren, die sogenannten »Fenster zum Himmel« zu öffnen. Dann bittet sie mich, mir mein Inneres Kind vorzustellen. Das Innere Kind ist der ursprüngliche, verspielte, neugierige Teil in uns. Es erscheint mir in Form eines kleinen, rotgelben Teufels. Ich soll den Teufel fragen, welche Farbe er benötigt, um sich zu verwandeln und mir anschließend vorstellen, wie ich den Teufel mit dieser Farbe fülle. Und tatsächlich: Er verändert sich, wird zu einer hellen, lichten Sonne. Und plötzlich erkenne ich mich selbst im zarten Alter von etwa vier Jahren. Dieses Innere Kind führt mich nun an seinen Lieblingsplatz und gibt sich seiner Lieblingsbeschäftigung, dem Nichtstun, hin. Ich spüre dabei gleichzeitig die Gefühle dieses kleinen Mädchens als auch meine eigenen Empfindungen.

Jetzt führt mich Nicoles sanfte Stimme in den Moment meines Lebens, als ich das erste Mal Liebe empfand. Damals spürte ich deutlich eine Traurigkeit und Einsamkeit, die mich überwältigte. Ich kann diesen Moment völlig nachempfinden.

Der Rückblick auf andere Momente meines Lebens gibt mir weitere klärende Hinweise. Es ist überwältigend, wie real ich alles empfinde. Immer wieder fragt mich Nicoles Stimme, an welcher Körperstelle sich bestimmte Emotionen festgesetzt haben und welche Farbe sie brauchen, um sich aufzulösen oder frei zu werden. Seltsamerweise weiß ich immer eine klare Antwort auf diese ungewohnten Fragen.

Schließlich soll ich mein Höheres Selbst bitten, sich für mich sichtbar zu machen. Das Höhere Selbst ist derjenige Teil von uns, der große Weisheit besitzt und weiß, was gut und richtig für uns ist. Es erscheint mir als alter, schöner

Baum. Ich werde nach seinen Eigenschaften befragt, nach dem Inhalt seiner Essenz und seiner Botschaft für mich. Ich kann aus einer unerklärlichen Gewissheit all diese Fragen präzise beantworten.

Bald darauf holt Nicoles sanfte Stimme mich in die Wirklichkeit zurück. Als ich die Augen öffne, bin ich allein. Auf meinem Stuhl liegt eine von Nicole angefertigte Niederschrift all dessen, was ich während dieser Session gesagt habe. Dies soll ich später für mich noch einmal abschreiben. Ich fühle mich benommen, aber auch offen und frei.

Im Büro wartet Nicole auf mich und rät mir noch einmal dringend, mich nach den Sessions mit Apfelweinessig zu reinigen, damit die freigesetzten Energien, die sich nun in meiner Aura befinden, weggewaschen werden können. Ich muss mir also Apfelweinessig kaufen und fahre zu diesem Zweck zu einem nahegelegenen Supermarkt. Es ist überraschend, wie viele fremde Menschen mich dort zur Kenntnis nehmen und mich grüßen oder mir einfach freundlich zulächeln. Meine Ausstrahlung hat sich bereits verändert.

Am Abend gehe ich zu einer Veranstaltung mit Chris Griscom. Ich beobachte alles kritisch und lausche skeptisch den Worten dieser berühmten Frau. Bin ich hier richtig? Werde ich hier wirklich zu mir finden, gesund werden, oder bin ich auf eine Art Sekte hereingefallen? Mit Zweifeln gehe ich schlafen.

4. Tag

Am nächsten Morgen erledige ich eine eigene Niederschrift der Notizen, die Nicole mir überlassen hat. Ich bin dabei erstaunt, dass ich mich an den letzten Teil der Session kaum noch erinnern kann und verblüfft, was ich alles gesagt haben soll.

Die heutige Sitzung ist sehr intensiv. Ich gehe zurück in frühere Leben. Mein Höheres Selbst zeigt mir drei frühere Leben, die für meine heutige Situation wichtig sind. Unter anderem sehe ich mich als resignierte Frau, die siebzehn Jahre lang kein Wort spricht und jegliche Gefühle unterdrückt. Bei ihrem Tod blieb der Geist der Frau in der Dunkelheit zurück. Dieser Zustand wird nun berichtigt. Ich befreie diesen Geist und damit einen Teil von mir.

Das ist eine unbeschreibliche, eine phantastische Erfahrung.

Nicole empfiehlt mir Übungen, mit meinem Inneren Kind zu arbeiten, fremde, belastende Energien loszuwerden oder meine Aura auszudehnen. Im Stillen frage ich mich, wie gut es mir gelingen wird, das hier Gelernte in meinen Alltag zuhause hinüber zu retten.

5. Tag

Als ich am nächsten Morgen die Niederschrift der 2. Session erledige, merke ich, wie ich plötzlich viel aufrechter bin und mein Körper sich leichter fühlt.

Die Erfahrungen der heutigen Session sind extrem intensiv und einzigartig. Es würde an dieser Stelle zu weit führen, alles im Detail zu berichten.

Hinterher bin ich völlig ausgelaugt, aber auch sehr befreit. Ich fühle eine nie gekannte innere Balance. Ein erfolgreicher Tag.

6. Tag

Trotzdem habe ich schlecht geschlafen, war unruhig, hatte Schmerzen und fühle in mir eine große Traurigkeit. So viele Dinge aus meinem Innern sind hochgekommen. Nun sehe ich, dass viele meiner Beschwerden und Emotionen einen Ursprung haben und Glied einer Kette ständiger Wiederholungen sind. Aber was soll ich jetzt damit anfangen? Das –zugegeben zweifelhafte- Korsett meines Gesundheitszustands und meiner Handlungsweisen gibt mir keinen Halt mehr. Ich habe nichts, woran ich mich orientieren könnte. Ich fühle den Drang, mich mit meinem gewohnten Leben zu verbinden, indem ich nach Hause telefoniere. Dies ist mit weiteren Frustrationen verbunden, mit einem weiteren Gefühl, nicht dazu zu gehören, den Boden unter den Füßen zu verlieren, die »Verbindung« verloren zu haben. Voller Ungeduld warte ich auf die heutige Sitzung. Ich will das klären.

Nicole reagiert auf meine Unzufriedenheit mit einem wissenden Lächeln. Das sei üblich, sagt sie, an diesem Punkt der Behandlung. Aber ich werde eine neue Balance finden, fügt sie hinzu. Ich bleibe skeptisch.

Noch einmal bittet Nicole, ich solle mich von meinem Höheren Selbst in ein früheres Leben führen lassen, dieses Mal in eines, in dem ich Macht missbraucht habe. Eine dunkle, schwarze Erfahrung tut sich auf. Offenbar die rechte Hand von Kaiser Nero im alten Rom, bin ich beteiligt an den grausamen Christenverfolgungen. Als ich schließlich durch die Hand einer Frau aus Neros Umfeld sterbe, kann denn auch mein Geist nicht ins befreiende Licht. Hass- und Rachegefühle halten mich in einer dunklen Zwischenwelt.

Während dieser Session nun gelingt es mir endlich, diesen lang gefangenen Geist zu befreien. Das bedeutet, dass auch ein dunkler Teil von mir nun erleuchtet ist. Ich fühle mich besser.

Nach dieser Session bin ich sehr erschöpft. Aber nicht zuletzt der Ausblick auf ein »freies« Wochenende trägt dazu bei, dass ich mich ausgeglichen und gut fühle. Am Abend nehme ich per Telefon wieder Kontakt zu meinem Leben auf. Und dieses Mal ist es harmonisch, gut und richtig und entlässt mich in einen guten und erholsamen Schlaf.

7. und 8. Tag

Ich verbringe das Wochenende mit Ausflügen nach Santa Fé und fahre ziellos mit dem Auto durch die Wüste. Ich bin ganz entspannt und lasse mich von meinem Inneren Kind leiten. Und erstmals seit Jahren habe ich kein schlechtes Gewissen angesichts der Tatsache, nichts »Sinnvolles« zu tun. Es gibt im Moment eben nichts Wichtigeres als nur auf meine ureigensten Bedürfnisse zu hören.

9. Tag

Heute habe ich einen Termin mit Carlos, einem »Cranial«-Therapeuten. Als ich Carlos das erste Mal sehe, muss ich lächeln. Er ist wie aus einer anderen Welt, eine befremdliche Mischung aus Hippie, Weisem und Kinderkasper. Wir gehen in den Behandlungsraum, und mir ist ein bisschen mulmig, weil ich ja noch immer nicht genau weiß, was ein Cranial ist (cranio-sakrale Therapie, siehe nächstes Kapitel). *Ich weiß nur, dass es die Sessions unterstützen soll, indem es Blockaden löst. Ich sehe Carlos' Hände und bin erstaunt; hatte ich doch erwartet, die Hände eines solch be-*

gnadeten Heilers müssten dies auch ausdrücken. Aber seine Hände sehen eher so aus, als würde er nebenbei als Bildhauer arbeiten. Während der Behandlung ist es ganz still. Hauptsächlich behandelt Carlos meinen Kopf, dabei hatten wir vorher nicht darüber gesprochen, dass dies mein wunder Punkt ist. Immer und immer wieder scheint er bestimmte Stellen in Balance zu bringen. Am ehesten könnte vielleicht der Vergleich mit einer Mischung aus sanfter Chiropraktik und Akupressur stimmen. Auf jeden Fall handelt es sich um eine außergewöhnliche, entspannende und befreiende Behandlungsmethode. Am Ende schaut Carlos tief in meine Augen. Er tut dies aus allen Blickwinkeln und befindet: »Es ist gut!«

Draußen sagt er mir, ich solle aufhören, mir Sorgen zu machen. Er freue sich sehr für mich, denn ich werde von einer Minute zur anderen ein anderer Mensch werden. Wir umarmen uns, und ich spüre, dass dies ein ganz besonderer Moment ist. Ich spüre seine Freundschaft und Verbundenheit und fühle mich ausgesprochen geborgen. Ich fühle mich tatsächlich wie ein neuer Mensch.

Die Session unter dem Nachbeben des Cranials ist extrem intensiv. Es geht um mein Haus, in dem so viele Menschen unglücklich waren, das noch so viele alte Geister hält, die nicht ins Licht können und das auf bisher unerklärliche Weise mit mir und meinen Liebsten verbunden ist.

Es wird eine harte Session, in der Vieles frei wird, von dem ich niemals angenommen hätte, dass es je geschehen ist. Meinem eigenen Geist bin ich schon in diesem Haus begegnet. Und immer und immer wieder bin ich hier unglücklich gestorben, wie so Viele vor und nach mir. Ich weiß nun, dass ich selber den Schlüssel in mir trage, die Tür zu öffnen, durch die diese Wesen ins Licht gehen können. Einige dieser unglücklichen Geister kann ich bereits jetzt –während dieser Sitzung- befreien. Ein wundervolles Gefühl, das mir viel Hoffnung und Zuversicht gibt.

An diesem Tag bin ich sehr erschöpft und gehe früh ins Bett. Ich schlafe elf Stunden, während derer ich nur hin und wieder mit einem Gefühl tiefen Glücks erwache.

10. Tag

Nach einem entspannten Vormittag erwartet mich Nicole im Light-Institute zu einer weiteren Session. Mir ist ein bisschen mulmig vor der Thematik des heutigen Tages, der meine derzeitige schwierige Beziehung klären soll. Ich erwarte schreckliche Bilder und ungute Erinnerungen. Aber weit gefehlt: Ich erlebe uns gemeinsam in früheren Leben, und es hat auf den ersten Blick den Anschein, alles sei gut und harmonisch gewesen. Doch ich erkenne deutlich, dass es während vieler Leben gelernte Verhaltensmuster zwischen uns gibt, in die wir beide aus Gewohnheit immer wieder zurückfallen, obwohl sie keinen von uns je wirklich glücklich gemacht haben. Und ich sehe plötzlich ganz klar, dass diese Muster mich blockieren und meine persönliche Weiterentwicklung behindern. Eine desillusionierende Erkenntnis.

11. Tag

Ich bin nicht sicher, ob ich noch weitere Erkenntnisse ertragen kann, die mein Leben in den Grundfesten erschüttern. Ich sage Nicole, dass ich der Sessions etwas müde und überdrüssig bin. Das versteht sie und sagt, dass ich ja auch schon Berge bewältigt habe. So langsam wisse mein Inneres, mein sogenannter »Emotionalkörper« ja gar nicht mehr, was er dazu sagen soll.

In der heutigen Session wird mir klar, dass ich meine Krankheit aus alten Mustern früherer Leben kenne. Ich habe sie benutzt, um ebenfalls gelernte Reaktionen meiner Mitmenschen hervorzurufen. Es ist erstaunlich, wie klar und vor allem wertfrei ich das hier betrachten kann. Dennoch ist es eine schmerzhafte Erkenntnis und ich fürchte, dass es ein schwerer Weg wird, umzusetzen, was ich hier gelernt und erfahren habe.

Plötzlich kann ich es kaum erwarten, nach Hause zu kommen und jede Menge Chancen zu bekommen, ein anderes Verhalten zu üben. Noch eine letzte Session morgen! Und dann noch ein Ferientag, dann geht es zurück in die Heimat. Ich habe mich auf jeden Fall verändert. Doch werde ich stark genug sein, allen Verlockungen alter Fahrwasser zu widerstehen? Ich hoffe es! Auf jeden Fall bin ich bereit. Und ich bin trotz aller Anstrengung gut erholt. Ich will wieder in mein Leben zurück!

12. Tag

Heute geht es mir gut. Eine letzte Session liegt vor mir. Eine weitere Person aus meinem Umfeld soll geklärt werden. Ich denke eigentlich, dass sie mir gar nicht so nah ist und bin daher zunächst nicht sicher, ob ich hierauf überhaupt meine Zeit verwenden will. Doch ich soll eines Besseren belehrt werden. Als ich sie bitte, für mich Form anzunehmen, erscheint sie mir als Kaktus. Na, das sagt ja schon genug, oder? Dann bitte ich sie, mich in ein früheres Leben zu führen, das sie mir zeigen und mit mir klären möchte. Und siehe da: Ich erlebe ganz bemerkenswerte Rückblicke, die mir mit aller Deutlichkeit zeigen, wie nah wir uns sind und wie wichtig diese Frau für meine innere Balance und meine Gesundung ist. Das Ganze ist sehr intensiv und wird begleitet von einem Southwestern Thunderstorm, einem Gewitter, das es in sich hat und draußen tobt, während wir hier diese vorerst letzte Session erleben. Wenn das kein Zeichen ist! Am Ende soll diese Frau mir ein Geschenk geben. Und was tut sie vor meinem inneren Auge? Sie reicht mir die Hand! Ich könnte mir keinen harmonischeren Abschluss für meine Sessions wünschen.

13. Tag

An diesem Morgen sitze ich noch einmal mit Nicole zusammen, um die Session von gestern zu besprechen. Ich habe jetzt ein sehr gutes Gefühl, mit dem ich wieder nach Hause fahren kann. Ich weiß, dass meine völlige Gesundung von all den Faktoren abhängt, die mir hier klargeworden sind. Ich bin positiv gestimmt und zuversichtlich, dass ich es schaffen werde.

Am Nachmittag treffe ich überraschend noch einmal mit Chris Griscom zusammen. Sie wirft mir eine Kusshand zu und sagt, sie wisse, dass sie mich wiedersehen werde. Ja, ich bin auch sicher! Und meine anfänglichen Vorbehalte gegen diese Frau und ihr Light-Institute sind inzwischen völlig ausgeräumt. Chris sagt mir mit strahlendem Lächeln, es sei sichtbar, dass ich Fortschritte gemacht habe, denn ich sähe fabelhaft aus.

14. und 15. Tag

Als ich mich am nächsten Morgen vor dem Spiegel für die Reise zurück ins Leben fertig mache, finde ich, dass Chris

Recht hat. Ich fühle mich gestärkt, zum ersten Mal ganz bei mir selbst und freue mich darauf, in mein gewohntes Leben zurückzukehren. Ich werde vieles anders machen. Und ich freue mich darauf.

Die Rückreise entpuppt sich schließlich und endlich als Abenteuer voller Hindernisse mit insgesamt 24 Stunden Verspätung. In den endlosen Stunden quälender Warterei kann ich erstmals kleine Übungen ausprobieren. Vorsichtig dehne ich zum Beispiel im Flughafengedrängel meine Aura aus, so wie ich es von Nicole gelernt habe. Und ich kann die Auren der vorbeieilenden Menschen ertasten. Das ist eine unglaublich beeindruckende Erfahrung. Eine finster dreinblickende Frau kann ich mittels der Farben, die ich ihr schicke, zum Lächeln bringen. Wissend und glücklich lächle ich meinerseits in mich hinein.

16. Tag

Ankunft zuhause. Die Geister in meinem Haus sind tatsächlich nicht mehr zu spüren. Ich fühle mich gesund und voller Kraft und beginne ein neues Leben. Mein eigentliches Leben, sollte ich sagen. Ein Leben, in dem das spirituelle Bewusstsein seinen Platz einnimmt. Ein Leben, in dem ich geistige und körperliche Gesundheit aus mir selber schöpfen kann. Ein Leben, in dem ich andere Menschen so akzeptieren kann wie sie sind, ohne sie zu bewerten, wie ich es doch früher so gerne tat. Ich habe eine neue Achtung vor dem Leben, meinem eigenen und dem anderer Menschen, vor den Tieren und Pflanzen und unserem ganzen Planeten, vor dem Universum. Ich befinde mich in innerem Frieden mit mir selbst. Körperlich und geistig gesund. Ich werde nicht aufhören, diesen Zustand zu pflegen und zu erhalten. Und ich kann nur jedem raten, es auch zu versuchen.«

Soweit der unmittelbar im Anschluss an die Reise zum Light-Institute gehaltene Vortrag. Tatsächlich erwarb ich mir in meinen Sessions bahnbrechende Erkenntnisse in Zusammenhang mit meinem Haus, meinem geschiedenen Mann, meinem Lebensgefährten und seiner geschiedenen Frau, die –auch dies erscheint mir seither in ganz anderem Licht- mittlerweile meinen Ex-Ehemann geheiratet hatte. Uns vier verband ein jahrhundertealtes, in vielen Leben erprobtes Geflecht von Machtansprüchen und Manipulationsmechanismen, und jeder von uns wollte die Kontrolle über alle anderen haben. Meine Erkrankung war einer der wichtigen Schlüssel in diesen karmischen Verstrickungen. Plötzlich erschien alles als erklärliches Glied in einer Kette karmischer Verbundenheit. Ohne die Trennung von meinem Mann hätte ich mich niemals für den Kauf dieses besonderen Hauses interessiert und wäre nicht offen gewesen, mich dermaßen schicksalhaft in dessen Besitzer zu verlieben. Ohne die nervenaufreibenden äußeren Begleitumstände, ohne die Energie des Hauses und dieser Liebe hätte sich meine Krankheit nicht manifestiert. Ohne die Verzweiflung meiner Krankheit hätte ich mich niemals für alternative Heilmethoden zu interessieren begonnen, geschweige denn eine Reinkarnationstherapie gemacht. Ohne die Erkenntnisse aus dieser Therapie hätte ich die karmischen Verbindungen in meinem Leben nicht erkannt und sie nicht lösen können. Ich hätte mich spirituell nicht weiterentwickeln können. Ich hätte nicht gelernt, mich anzunehmen und zu lieben. Ich wäre nicht gesund geworden und hätte nicht für andere Menschen da sein können.

Ausgehend von der Grundannahme, dass in jedem Menschen eine unsterbliche Seele wohnt, die in immer wieder anderen Verkörperungen (Inkarnationen) erscheint, geht die Reinkarnationstherapie davon aus, dass also auch unbewusste Erinnerungen an Geschehnisse und Gedanken einer anderen Lebenszeit bestehen.

Erinnerungen werden in verschiedenen Ebenen unserer Existenz gespeichert und bearbeitet. Neben dem physischen Körper (sichtbar und begreifbar) existiert auch ein Mentalkörper (höherer Verstand), ein Emotionalkörper (zeitloser Speicherplatz für emotionale Erfahrungen) und ein spiritueller Körper (rein geistige Energie, göttliche Essenz unseres Seins). Diese sind nun untereinander verbunden, so dass die Belastungen des einen Körpers (gespeicherte Negativ-Erinnerungen des Emotionalkörpers) sich entsprechend in dem anderen Körper (Erkrankung eines bestimmten Organs des physischen Körpers) manifestieren können. Die Behandlung und Verwandlung dieser Belastungen kann nun ebenfalls auf den verschiedenen Ebenen ansetzen und wird sich auf die anderen auswirken.

Bei der Reinkarnationstherapie wird mit dem Emotionalkörper gearbeitet. Der Emotionalkörper neigt dazu, immer wieder auf Erfahrungen und Erlebnisse zuzusteuern, die er bereits kennt, ungeachtet des möglichen Nebeneffekts, dass dies immer wieder zu schmerzhaften

Wiederholungen führt. Haben wir also zu einem früheren Zeitpunkt die Erfahrung gemacht, als Opfer einer höheren Macht erniedrigt worden zu sein, so werden wir uns nun –vom Verstand nicht steuerbar- auch in diesem Leben immer wieder von Situationen angezogen fühlen, die uns das altbekannte Gefühl der Erniedrigung verschaffen. Unser Emotionalkörper erhält die bekannte Droge, während wir verzweifeln an dem »ungerechten Leben«, das uns immer wieder in die Opferrolle drängt, an der wir zugrunde gehen oder die wir fatalistisch annehmen können.

Es gibt jedoch noch einen dritten Weg. Wir können mittels der Rückführung in frühere Leben die in unserem Emotionalkörper gespeicherten Erfahrungen auflösen oder verwandeln. Die in den Sitzungen gewonnenen Erfahrungen nehmen wir in einer Weise in uns auf, die unser Aurafeld beeinflusst. Unbewusst werden wir Körpersprache, Sprechweise und psychische Einstellung verändern. Dies wiederum verwandelt unser tägliches Leben.

Genau dies habe ich auch erlebt. Nach meiner Rückkehr aus USA umgab mich ein spürbar anderes Energiefeld. Freunde bestätigten mir eine veränderte Sprechweise, meine Arbeit ging mir wesentlich leichter und erfolgreicher von der Hand und ich konnte mit vielen Menschen und Geschehnissen der Vergangenheit Frieden schließen. Neue Begegnungen hatten mehr Tiefe. Und oftmals erwachte ich morgens nach einem erfrischenden, regenerativen Schlaf mit einem unbeschreiblichen Glücksgefühl, wie ich es früher nie gekannt hatte.

Nicht nur die wunderschönen Regenbogen der Hochwüste Neumexikos waren mir mit Freude in meine Erinnerung gebrannt. Auch hier in der Heimat nahm ich die Natur plötzlich viel intensiver wahr. Bei meinen Spaziergängen durch die Heide erfuhr ich tiefes inneres Glück und Frieden in vorher nie gekannter Qualität.

Das Leben blieb schwierig, doch ich war glücklich und zuversichtlich und eins mit mir selbst und dem Leben um mich herum.

Reinkarnationstherapie ist kein unerklärbarer Hokuspokus. Es spielt für den Erfolg auch keine unmittelbare Rolle, ob der Klient überhaupt an Reinkarnation glaubt. Es sei dahin gestellt, ob es nun tatsächlich Bilder aus früheren Leben sind, die während der Sitzungen auftauchen, oder ob es sich lediglich um eine Symbolsprache des Unterbewusstseins handelt. Tatsache ist, dass es sich um ganz eigene Bilder des Betroffenen handelt, die als Schlüssel zur Heilung verwendet werden können. Irgendwo las ich einmal den Satz »Mit der Reinkarnationstherapie fährt man durch die Zeit zur Heilung.« Ich persönlich finde diese Aussage sehr treffend und schön.

Cranio-Sakrale Therapie

Bestandteil der Therapie am Light-Institute in Neu-Mexico war eine cranio-sakrale Behandlung. Ich empfand diese Erfahrung so entspannend und hilfreich, dass ich dieser Therapieform ein eigenes kurzes Kapitel widmen möchte. Ich weiß natürlich, dass ihre Wirksamkeit umstritten ist und dass daneben unzählige andere Therapieformen existieren. Aber ich kann unmöglich an dieser Stelle alles beschreiben, was es auf dem fast unüberschaubar gewordenen Markt alternativer Behandlungsformen gibt. Also beschränke ich mich lieber auf Therapien, die ich selbst erlebt und deren Wirksamkeit ich am eigenen Leib erfahren habe.

»Cranium« ist die lateinische Entsprechung für »Schädel« und »sacrum« wird das »Kreuzbein« genannt. Die Bezeichnung für die hier beschriebene Therapieform müsste eigentlich korrekterweise »cranio-sakrale Osteopathie« heißen, denn es handelt sich tatsächlich um einen speziellen Teilbereich der Osteopathie.

Die Lehre der Osteopathie wurde bereits im 19. Jahrhundert durch den amerikanischen Arzt Andrew Taylor Still begründet und hat bald auch seinen Weg nach Europa gefunden. Das Ziel der Osteopathie ist es, die lebensnotwendige Mobilität zu bewahren und/oder wiederherzustellen. Davon ausgehend, dass alle Gewebe im Körper in Bewegung sind und im Idealfall harmonisch miteinander verbunden sind, ist die Osteopathie darauf ausgelegt, Störungen in dieser Harmonie zu beheben.

Dr. Still verglich den Körper mit einem Fluss: Immer wieder gelangen Zweige und Blätter in den Strom – ein ganz natürlicher Prozess. Wenn sich in dem Fluss aber Hindernisse einbetten, können sich die Blätter und Zweige dort verfangen. Damit ist dann eine Anstauung oder Blockade vorprogrammiert. Der natürliche Strom von Atem, Blut, Lymphe, Gehirn- und Rückenmarksflüssigkeit wird durch die eingeschränkte Beweglichkeit von Gelenken, Organen und anderen Strukturen behindert, das Gewebe wird weniger durchblutet und der Stoffwechsel lokal gestört.

Die Ursachen dafür können vielfältig sein: alte Operationsnarben, geheilte Entzündungen innerer Organe, Verstauchungen, Verrenkungen oder auch bestimmte Lebens- und Ernährungsgewohnheiten. Doch nicht immer signalisiert uns der Körper eine Funktionsstörung durch Schmerz oder andere Beschwerden. Die Anpassungsfähigkeit des Organismus sorgt dafür, dass Fehlhaltungen und Verspannungen über lange Zeiträume ausgeglichen werden. Dabei wird dann die eingeschränkte Funktion von anderen Körperstrukturen übernommen. Ist aber eines Tages die Ausgleichsfähigkeit des Körpers überstrapaziert, genügt schon ein kleiner physischer oder psychischer Einfluss, um unverhältnismäßig starke Reaktionen hervorzurufen.

Über England und Frankreich kam die Osteopathie schließlich nach Deutschland und konnte hier erst in den Achtziger Jahren sehr verspätet Fuß fassen. Inzwischen handelt es sich bei der hoch spezialisierten seriösen Osteopathie um einen eigenen Berufszweig mit langjährigem Ausbildungsgang, wenngleich leider die Berufsbezeichnung »Osteopath« noch nicht geschützt ist. Wer auf der Suche nach einem qualifizierten Osteopathen ist, dem sei daher zu seinem eigenen Schutz geraten, sich an den Verband der Osteopathen in Wiesbaden zu wenden oder sich im Freundeskreis nach einer Empfehlung umzuhören.

Die cranio-sakrale Therapie als Teilbereich der Osteopathie wurde ursprünglich entwickelt von Dr. William Garner Sutherland. Nach Untersuchungen des menschlichen Schädels erarbeitete dieser eine Methode, mittels derer der rhythmische Fluss des Liquors (Gehirn- u. Rückenmarksflüssigkeit) im Körper ertastbar wird. Der Liquor umfließt Gehirn und Rückenmark und bildet somit ein Polster zwischen Nervengewebe und umgebenden Schädel- und Wirbelsäulenknochen. Der Liquor schafft das Milieu für die Entwicklung und Ernährung des Zentralnervensystems vom Moment der embryonalen Entwicklung bis zum Tod. Umgeben wird der Liquor innerhalb der genannten Strukturen wiederum von den Gehirnhäuten, die ein Auslaufen durch die angrenzenden Knochen verhindern. Der Liquor wird in den Ventrikeln (spezielle Gehirnkammern) gebildet und entlang des gesamten Systems von den Gehirnhäuten resorbiert. Die Bewegung der Flüssigkeit unterliegt einer Pulsation, d. h. der Druck dieser Flüssigkeit nimmt in einem kontinuierlichen, regelmäßigen Rhythmus abwechselnd zu und ab. Die Schädelknochen befinden sich in einer ständigen, sehr feinen Bewegung, um sich den steten Veränderungen des Flüssigkeitsdrucks anzupassen.

Die äußere Gehirnhaut ist mit allen anderen Bindegewebshäuten verbunden, welche im gesamten Körper alle Gewebe, Muskeln, Gelenke, Knochen und Organe umgeben. Dieses gegenüber seiner Umgebung bewegliche, jedoch nur geringfügig dehnfähige Gewebe setzt also die Impulse des cranio-sakralen Rhythmus über den ganzen Körper fort. Somit lässt sich für den geübten Therapeuten die cranio-sakrale Pulsation nicht nur an der Wirbelsäule und am Schädel, sondern auch an Händen und Füßen und jeder beliebigen Stelle des Körpers ertasten.

Wenn die Beweglichkeit der Wirbelsäule oder Schädelknochen nun aber durch Blockaden eingeschränkt ist, kann der Liquor nicht frei pulsieren. Es kommt zu Störungen im cranio-sakralen System, woraus sich eine umfassende Symptomatik entwickeln kann. Störungen an dieser Stelle können durch meist sehr sanften Druck auf den Schädel oder bestimmte Körperregionen normalisiert werden. Die cranio-sakrale Therapie zeigt Auswirkungen auf viele Bereiche und führt allgemein zur Stärkung der Vitalfunktionen und wirkt ausgleichend bei Spannungszuständen.

Wenngleich Teile der Osteopathie mittlerweile auch von Schulmedizinern anerkannt werden, wird doch die Möglichkeit, das Pulsieren von Gehirn-, bzw. Rückenmarksflüssigkeit am ganzen Körper zu erspüren, noch weitestgehend verneint. Dies gilt übrigens auch für die Möglichkeit einer Massage (Palpation) innerer Organe. Wenn also auch die Schulmedizin die Wirksamkeit dieser Methode überwiegend negiert, sollte doch nicht versäumt werden, im Einzelfall abzuklären, ob der Durchführung einer cranio-sakralen Behandlung medizinische Gründe entgegenstehen. Vorsicht ist besonders geboten bei Schädelverletzungen, akuten Blutungen im Schädelinneren, Erweiterung der Schlagader, Schlaganfall u.ä. Auch bei Epilepsie sollte eine Eignung vorher mit dem Arzt und dem Osteopathen abgesprochen werden.

Ist eine Kontraindikation nun ausgeschlossen, so findet die Behandlung vorzugsweise in stiller, friedlicher Atmosphäre statt. Der Therapeut wird entweder direkt am Schädel oder an bestimmten anderen Punkten des Körpers sanften Einfluss auf den Liquorfluss nehmen. Dabei wird das Zusammenspiel von Körper, Geist und Seele berührt und so kann es geschehen, dass während oder nach der Behandlung bestimmte Bilder oder Gefühle im Patienten erwachen. Dies kann in überaus heftiger Form geschehen, und ich halte es daher für besonders wichtig, mit einem wirklich verantwortungsbewussten, gut ausgebildeten Therapeuten zu arbeiten, der diese Phänomene begleitet und dem Patienten bei der Verarbeitung behilflich ist.

Karma

Durch meine Erkenntnis-Arbeit am Light-Institute in Galisteo hatte ich gelernt, dass eine jahrhundertealte, karmische Verbindung zu drei mir sehr nahestehenden Menschen und vor allem dem Haus, in dem ich lebte, bestand. Die Bearbeitung und Auflösung dieses Karmas stellte sich als eine der wesentlichen Herausforderungen meines Lebens dar, zumal ich während der Sitzungen sogar meine Erkrankung als wichtiges Instrument in diesem karmischen Geflecht entlarven konnte.

Plötzlich erschien es mir wie ein vom Schicksal gesandter logischer Zwang, dass und wie ich den Weg zu dem Ort gefunden hatte, in dem ich mich der Auflösung meines Karmas stellen sollte.

Als meine nach außen perfekte, aber inzwischen innerlich böse Ehe auf ihr Ende zuging, hatte ich mich mit meinem Mann geeinigt, dass ich mir ein eigenes Zuhause suchen würde. So würde ich ihm nicht länger im Weg sein bei den Dingen, die er zu tun müssen glaubte. Nach außen signalisierten wir während dieser Zeit weiterhin Verständnis und Nähe. Und oft schauten wir uns auch die Immobilien, die mich interessierten, gemeinsam an. So kam es, dass er dabei war, als ich mit mir rang, auf ein Haus zu verzichten, das mich magisch anzog, jedoch doppelt so teuer war wie mein vorgesehener Etat erlaubt hätte. Fast bildete ich mir ein, diesen Fleck Erde bereits zu kennen. Alles war so vertraut, fühlte sich so sehr wie »Zuhause« an, obwohl ich doch noch nie hier gewesen war.

Mit den Eigentümern des Hauses verbanden mich ähnliche Gefühle, und ein Zusammentreffen von »Zufällen« hatte dazu geführt, dass wir nach bereits gescheiterten Preisverhandlungen doch noch einmal ein gemeinsames Treffen hatten.

Im Rückblick ist es leicht, einen tieferen Sinn in bestimmte Geschehnisse hineinzuinterpretieren. Aber ich weiß ganz bestimmt, dass ich mich an jenem Tag gleichzeitig geleitet, in die Ecke gedrängt, ermutigt und bedrängt fühlte, trotz der schwierigen finanziellen Rahmenbedingungen dem Hauskauf zuzustimmen. Mein Mann, der ja hier gar nicht mit mir einziehen würde, hatte mir merkwürdig intensiv zugeredet, das Objekt zu erwerben. Der Verkäufer hatte hart verhandelt, und es kam mir schon damals wie ein nicht definierbarer Machtkampf zwischen uns vor. Seine Frau erlitt Minuten nach meiner Zusage einen Kreislaufzusammenbruch, so sehr erregte sie die ganze Transaktion. Später sollte ich all diese Eindrücke in einem anderen Licht sehen. Denn wir alle waren sowohl untereinander als auch mit dem Haus karmisch verbunden. Bevor mir dieses jedoch durch meine Rückführungen bewusst werden konnte, erlebte ich in vielerlei Hinsicht Erstaunliches, Schmerzhaftes, Böses und Gutes in diesem Haus.

Bereits kurze Zeit nach der Trennung von meinem Mann verliebte ich mich in den Vorbesitzer des Hauses. Die unerklärlich enge Verbindung zwischen ihm und dem Haus hatte ich bereits zu jenem frühen Zeitpunkt intuitiv erfasst und in einer Kurzgeschichte festgehalten, von deren tieferer Bedeutung ich heute im Rückblick immer noch fasziniert bin. Diese karmische Verbindung zwischen ihm und dem Haus einerseits als auch ihm und mir andererseits musste schicksalhaft dazu führen, dass es ihn immer wieder zu mir hinzog. Während der folgenden Jahre zog er bei mir ein und aus, gerade so wie seine momentane Gefühlslage es wollte. Ohne dass er wusste, was die Ursache war, lehnte er sich immer einmal wieder gegen unsere Beziehung und gegen das Haus auf. Er quälte mich, er verließ mich, er verließ sogar das Land. »Endgültig!« hieß es dann. Doch er kam nie ganz von mir und dem Haus los. Dann kam er zurück, »für immer!«. Mir erging es ähnlich, obwohl wir gar nicht zueinander passten und alles taten, uns gegenseitig das Leben schwer zu machen. Wenn es einfach nicht mehr funktionieren wollte zwischen uns, sorgte meine Krankheit dafür, dass wir doch wieder zueinander fanden. Es war ein jahrelanges, nervenaufreibendes Spiel um Macht und Manipulation, das wir in vielen, vielen früheren Leben so oder anders miteinander gespielt hatten und einfach wiederholten. Doch konnten wir diesen Zusammenhang beide nicht erkennen und erklärten die Anziehungskraft zwischen uns einfach romantisch mit tiefer, schicksalhafter Liebe. Ich will hier auf keinen Fall behaupten, dass zwischen uns gar keine Liebe existierte, jedoch war diese Liebe belastet mit uralten Verhaltensmustern aus früheren Leben. Wie ich sehr viel später lernte, hatte zwischen uns eine »astrale Nabelschnur« bestanden. Dabei handelt es sich um ein machtvolles Energieband, das der Kontrolle, Manipulation und Besitzergreifung dient.

Der zwischenmenschliche Austausch besteht nicht nur aus den sichtbaren Dingen, die Menschen miteinander tun oder zueinander sagen. Gleichzeitig senden wir auch auf feinstofflicher Ebene beständig Signale, die in die Aura des Anderen aufgenommen und dort gespeichert werden. Hellsichtige Menschen können diesen energetischen Informationsaustausch als helle Lichtbänder zwischen den Menschen wahrnehmen. Diese Verbindungsstränge können auf unterschiedlichen Ebenen angelegt werden. Verliebte werden zum Beispiel ein Band knüpfen, das vom Herzchakra des Einen direkt zum Herzchakra des Anderen führt. Sexuell bestimmte Beziehungen werden die Ausbildung dieser Energiebänder eher im Bereich der Sakralchakras fördern und so weiter. Über diese Energiebänder stehen die Betroffenen nun in ständigem energetischen Kontakt, meist ohne dass ihnen dies bewusst ist. über diese Bänder ist es möglich, den Anderen energetisch anzuzapfen und auf sein Befinden Einfluss zu nehmen, ihn zu schwächen oder zu stärken. Dies alles geschieht unbewusst, und es wäre falsch, einem Menschen, der uns energetisch aussaugt, böse Motive zu unterstellen.

Wer Näheres über die Entstehung und den Umgang mit astralen Nabelschnüren wissen möchte, dem empfehle ich das Buch »Ich kann doch ohne Dich nicht leben!« von Karin Brandl. Hier findet man gut beschriebene, wirklich hilfreiche und konkrete Tipps zur Macht energetischer Verbindungen und ihrer Auflösung.

Erst als ich diese wichtigen Zusammenhänge erkannte, konnte ich mich langsam Schritt für Schritt aus einem komplizierten Geflecht von Gefühlen und Erwartungen, von Hass und Liebe, von Macht und Manipulation befreien, in das ich gemeinsam mit den anderen drei Beteiligten verwickelt war. Damit konnte ich meine schwere Krebserkrankung abstreifen, denn ich »brauchte« sie ja nicht mehr. Sie war auf dieser Ebene –sehr vereinfacht gesagt- ein Instrument, um mich an meine »Mitspieler« zu binden und umgekehrt, um Einfluss auf deren und meine eigenen Stimmungen zu nehmen, um Macht und Ohnmacht hervorzurufen.

Und nun konnte ich mich auch aus den Verstrickungen einer unglücklichen Beziehung lösen, weil ich endlich frei genug war, meinen Weg in eine andere Richtung zu gehen. Dies war ein langer und beschwerlicher Prozess, der immer einmal wieder von Rückschlägen gekennzeichnet war.

Beim Betrachten der Zusammenhänge und Geschehnisse sah ich plötzlich alles in anderem Licht: Es bestand eine jahrhundertealte energetische Verbindung zu meinem Haus und den drei Menschen, mit denen es hier etwas zu klären galt. Alles, was mir hier widerfahren war, ergab sich ganz natürlich aus diesen verworrenen energetischen Verquickungen. Angesichts der so lange bestehenden und verfilzten Astralbänder konnte eine Loslösung nur ein schmerzhafter Prozess sein, der immer wieder in einer Sackgasse zu enden drohte. Jedes Band, an dem ich zog, musste zwangsläufig am anderen Ende bei einem der Beteiligten Reaktionen hervorrufen. Die Zeit der Loslösung war denn auch geprägt von unzähligen (und natürlich unbewussten!) Versuchen der anderen Beteiligten, mich wieder in das Gewirr der Astralbänder zurückzuziehen. So musste ich mir gefallen lassen, mich von meinen Gegenspielern in diesem Spiel betrügen und beleidigen zu lassen, mein Haus und meine wirtschaftliche Existenz an sie zu verlieren und Zielscheibe unglaublich heftiger Hassgefühle zu werden. Es war sehr, sehr schwer für mich, in dieser Zeit stark zu bleiben und weiter konsequent mit universeller Liebe und der Bereitschaft zu verzeihen an der Auflösung der Energiebänder zu arbeiten. Manchmal wurde ich schwach, ließ mich wieder auf die Energie des Gesamtspiels ein, schaltete Anwälte ein, versuchte, um mein Recht zu kämpfen, mich zu wehren. Doch es ging mir sofort schlechter, wenn ich wieder einen Schritt in die bekannte energetische Richtung unternahm, so dass ich dann schnell äußerlich resignierte, obwohl ich innerlich Stärke bewies und mich immer mehr aus der alten Energie mit ihren Machtspielchen entfernte. Wirtschaftlich zahlte ich einen hohen Preis dafür. Doch ich gewann Freiheit für meine Seele. Dies alles geschah, weil ich mich immer mehr und immer ehrlicher mit mir selbst beschäftigte, indem ich mich urteilsfrei und ehrlich anschaute und an meinen Schattenseiten arbeitete.

Für mich war und ist die Auflösung dieser energetischen Verbindungen, das Beenden dieser karmischen Dauerschleife, eine meiner wichtigsten Lebensaufgaben. Ich brauche dieses Wechselspiel von emotionaler Macht und Unterdrückung nicht mehr. Es wurde Zeit, das Spiel zu beenden, um der Seele Raum für neue und andere Erfahrungen in diesem und folgenden Leben zu bieten.

Wir alle bringen verschiedene Aufgaben mit in dieses Leben. Bevor die Seele in einem neuen physischen Körper inkarniert, hat sie sich bestimmte Aufgaben gesucht, die es zu lösen gilt und Erfahrungen, die sie machen möchte. Dazu bedarf es immer auch anderer Seelen, die uns dabei helfen, die gewünschten Erfahrungen zu machen. In schweren Zeiten hat mir der Gedanke extrem geholfen, dass die Menschen, die uns das größte Leid zufügen, diejenigen Seelen sind, die sich vor der Inkarnation bereit erklärt hatten, uns für bestimmte Erfahrungen zur Verfügung zu stehen. Über diesen Grundgedanken ist echte Vergebung möglich. Das Motto »Liebe deine Feinde« funktioniert, wenn man sich klar macht, dass der »Feind« in Wahrheit eine besonders liebende Seele ist, auch wenn es ihm selbst ganz sicher nicht klar ist.

Doch was genau ist denn nun »Karma«? Mit Karma bezeichnet man das gegenwärtige Schicksal, das durch früheres Handeln (in früheren Leben) bedingt und hervorgerufen wurde, bzw. das Handeln im jetzigen Leben, welches die Form der späteren Wiedergeburt bestimmt. Somit ist die Existenz von Karma die logische Fortführung des Gedankens der Polarität. Eine Opferrolle mit allen dazugehörenden Aktionen und Emotionen kann von der Seele nur als solche empfunden und verinnerlicht werden, wenn auch die Täterrolle bekannt ist. Hat meine Seele –vielleicht sogar über zahlreiche Leben- durchlitten, wie es ist, geschlagen, erniedrigt, oder gar getötet zu werden, dann wird sie bestrebt sein, auch die Erfahrung des Schlagens, Erniedrigens und Tötens zu machen und sich dafür das –oder die- passenden Lebensformen aussuchen. Irgendwann sind die gegensätzlichen Pole verinnerlicht und die Seele hat wieder ein Stück mehr Ganzheit gewonnen, ohne dass die Erfahrungen noch einmal gemacht werden müssen.

So wie die Einzelseele ihren Entwicklungsweg durch die verschiedenen Inkarnationen nimmt, haben auch ganze Seelengruppen ihre Entwicklungsprozesse zu durchlaufen. Auch hier haben wir als Einzelne einen Beitrag zu leisten. Die Grundkonstellationen der Aufgabenstellung unserer Familienbande findet sich beispielsweise im astrologischen Karma. Durch Entschlüsselung bestimmter gegebener Eckdaten lässt sich ablesen, welche Erwartungen von unseren Ahnen sowohl mütterlicherseits als auch von des Vaters Seite an uns gestellt werden.

Es ist das Sonnen-Karma, das für das Erbe steht, das wir von unserem Vater und seinen Vorfahren übernehmen. Unsere Seele hat sich vor der Inkarnation genau diese Eltern ausgesucht, egal wie unser Ego das Ergebnis im Hier und Jetzt auch bewerten mag. Unabhängig von unserem Verhältnis zu unserem Vater ist die liebevolle Hinwendung und das Erkennen und Annehmen seiner Vergangenheit ein entscheidender Schritt zum Verstehen und Lösen des eigenen Sonnen-Karmas. Die Ausrichtung des Sonnen-Karmas ergibt sich dabei aus der Stellung der Sonne im Geburtshoroskop. Dies gilt analog für die Stellung des Mondes im Geburtshoroskop und der Beziehung zur Mutter und ihren Vorfahren. Wer Näheres über seine astrologischen Grundvoraussetzungen wissen möchte, möge hier die Unterstützung eines erfahrenen Astrologen in Anspruch nehmen. Die Ergebnisse einer solchen Analyse sorgen in jedem Fall für überraschende Erkenntnisse im Hinblick auf die eigene Lebensproblematik.

Die Bedeutung körperlicher Symptome

Nachdem ich durch die Reinkarnationstherapie gelernt hatte, wie sehr meine Erkrankung in meine gesamte karmische Konstellation eingebettet war, begann ich zu verstehen, dass ich auch auf anderen Bewusstseinsebenen an meiner Gesundung arbeiten musste. Jahrelang hatte meine Seele vergeblich versucht, mit mir in Kontakt zu treten und meine Aufmerksamkeit auf sich zu lenken. Ich musste nun endlich lernen, meinen Körper und seine Signale neu wahrzunehmen und anders zu bewerten. Bis heute dienen mir seitdem meine körperlichen Symptome als zuverlässige Hinweis- und Warnschilder in Richtung ganzheitliche Gesundheit.

Auf dem Weg zu mehr Verständnis für das Wechselspiel zwischen Seele und Körper haben mir ganz besonders die Bücher von Rüdiger Dahlke geholfen. Dahlke, der erfahrene Arzt und Psychotherapeut, setzt in seinen Büchern Krankheitssymptome und deren seelische Ursachen in Beziehung und lehrte mich damit ein völlig neues Verständnis der Vorgänge in meinem Körper. In jedem Symptom konnte ich nun eine Botschaft meiner Seele erkennen, und ich begann erstmals bewusst, auf die Bedürfnisse meiner Seele einzugehen und mich damit Schritt für Schritt auch körperlich zu heilen.

Wer bereit ist, die von der Seele in den Körper gesandten Signale zu deuten, braucht zunächst die Fähigkeit bildhaften Denkens, eine Portion Selbstironie, Phantasie und ein Gefühl für die Hintergründe der Sprache.

Jedes körperliche Symptom stört ja unseren gewohnten Ablauf, egal ob es sich um Halsschmerzen oder eine Nierenkolik handelt. Das Symptom erzwingt Aufmerksamkeit. Wir empfinden dies als Störung und beginnen mit geeigneten Maßnahmen gegen das Symptom zu kämpfen. Also hat das Symptom erreicht, dass wir uns mit ihm beschäftigen. Da das Symptom einen Schattenaspekt sichtbar macht, dient es als zuverlässiger Spiegel unseres Unbewusstseins.

Als ich begann, mich mit der Bedeutung verschiedener Symptome zu beschäftigen, stellte ich bald fest, dass ich Krankheitsbilder bei anderen Menschen treffsicher analysieren konnte und schnell einen Hinweis auf dahinterliegende Aufgabenstellungen finden konnte. Doch immer wenn ich dies bei mir selber probierte, schienen die üblichen Deutungshinweise und Analogien nicht zu stimmen. Ich hatte zum Beispiel häufig epileptische Anfälle. Diese tragen einen innerlich bisher nicht zugelassenen Kampf zweier Welten nach außen. Das konnte doch nicht sein! Ich war doch stets bereit, alle Aspekte des Daseins anzunehmen! Ich hatte ein ganz klares Bild meiner Selbst, und in dieses gehörte ganz sicher keine bisher nicht beachtete innere Welt! In meiner Seele prallten keine zwei gegensätzlichen Strömungen aufeinander! Ich erlaubte mir doch durchaus im täglichen Leben diverse andere Entladungsmöglichkeiten für aufgestaute Energien! Soweit es denn eine Welt jenseits unserer Wahrnehmung gab, war ich ihr gegenüber ja wohl schon immer recht aufgeschlossen gewesen! – Es schien, als würden die Deutungen bei mir einfach nicht passen.

Diese Reaktion ist typisch und leicht erklärbar, handelt es sich bei einem Krankheitsbild doch gerade um die Sichtbarmachung eines Schattens. Wäre dieser Aspekt unserer Persönlichkeit für uns so einfach erkennbar, dann hätte es sich für ihn ja erübrigt gehabt, überhaupt jemals in den Schatten abzusinken. Doch gerade, weil wir ihn von Anfang an nicht wahrhaben wollten, fällt es uns jetzt im Krankheitsbild so schwer zu akzeptieren, dass er wirklich aus uns selbst aufsteigt.

Mit der Zeit erwarb ich dann aber die Bereitschaft, die Botschaft meiner Symptome und die dahinter verborgenen Aufgaben als meine eigenen anzunehmen.

Ich begann zu verstehen, dass mein häufig ausgeprägtes Händezittern signalisierte, dass etwas in mir, das ich zum Stillstand verdammt hatte, »in Bewegung geraten« wollte, ohne dass ich die Dinge wie gewohnt »in der Hand haben« konnte. Die teilweise heftigen körperlichen Manifestationen im Zuge der epileptischen Anfälle erlaubten den mir innewohnenden Aggressionen ihren lang zurückgehaltenen Ausbruch. Häufig hatte ich heftige Sprachstörungen, die es mir unmöglich machten, mit meiner Umwelt angemessen zu kommunizieren und mich mitzuteilen. Ich war auf diese Weise gezwungen, meine äußerliche, in schöne Worte gepackte Fassade bröckeln zu lassen und meine Hilflosigkeit zu zeigen. Meine –besonders in Momenten extremer Anspannung-auftretenden Phasen der Orientierungslosigkeit zwangen mich, die gelernte Kontrolle aufzugeben und eine gewisse Hilflosigkeit anzunehmen. Die –leider bis heute auftretenden- Hörstürze entzogen mich plötzlich und mit aller Macht den Stimmen von außen, um mich so zu zwingen, auf meine innere Stimme zu hören. Die Krebserkrankung insgesamt zeigte mir, dass es nötig war, mein Ego und meinen Platz in der Gesellschaft über den Weg der Selbstliebe neu zu definieren. Ich musste mich also selbst liebevoll annehmen, um meine wahren Aufgaben auch für die Gesellschaft erfüllen zu können, anstatt mich weiterhin nach außen zu wenig (durch Erfüllen meiner gesellschaftlichen und partnerschaftlichen Aufgaben) und nach innen zu heftig (gegen meine Lebensaufgabe, meinen eigenen Weg) zu wehren. Auch der Ort des Krebsgeschehens sprach eine klare Sprache: die große Macht der Kontrollinstanz »Gehirn« wurde erschüttert, das Gehirn wurde in seiner Funktionalität, auf die ich doch so stolz war, beschnitten und ich musste mich wohl oder übel anderen Instanzen, anderen Welten zuwenden. Ich musste das Augenmerk von der alles überragenden »Überwachung« auf unten, auf meine Wurzeln, lenken. Wohlgemerkt: Alle diese hier extrem vereinfacht zusammengefassten Erkenntnisse erschlossen sich mir nicht problemlos, sondern in einem langen, schmerzhaften Prozess der Heilung. Immer wieder erlebte ich leidvoll, welchen Bewertungsmechanismen ich unterworfen war. Einige der Erkenntnisse, die sich mir aufdrängten, konnte ich einfach in meinem moralischen Weltbild nicht unterbringen. Ich zwang sie also zurück in den Schatten, um hinterher um so eindringlicher auf sie gestoßen zu werden. Es war für mich dabei besonders schwer zu verinnerlichen, dass beispielsweise »Aggression« nicht grundsätzlich schlecht und »Sanftheit« nicht grundsätzlich gut ist. In einem alten Zen-Text fand ich folgende hilfreiche Aussage:

> Licht und Dunkel stehen einander gegenüber.
> Doch das eine hängt ab vom anderen,
> wie der Schritt des rechten Beines von dem des linken.

Zusätzlich zu all den eigenen körperlichen Symptomen meiner Erkrankung stieß mich dabei meine komplizierte und leidvolle Partnerschaft von einer anderen Seite auf die zu erlösenden Themen.

In einer Partnerschaft fungiert unser Partner als Spiegel. Die von uns selbst in den Schatten verbannten Bereiche suchen wir bei der Partnerwahl in unserem Gegenüber. So faszinieren uns denn auch am Anfang einer Beziehung genau die Eigenschaften an unserem Partner, die wir selber uns nicht auszuleben trauen. Im späteren Verlauf der Beziehung erleben wir die sichtbar gelebten Schattenseiten unserer Selbst dann jedoch häufig so, dass wir uns eben gerade über diese Bereiche in der Persönlichkeit des Partners besonders ärgern und aufregen. Wer etwas über sich selbst lernen möchte, schaue deshalb genau hin, welche Bereiche ihn an seinem Partner besonders stören!!!

Leider erkannte und akzeptierte ich diesen Aspekt zunächst nicht und kann nur ehrlicherweise heute im Rückblick sagen, dass diese Sichtweise aber doch voll und ganz zutrifft.

Grundsätzlich gilt, dass auch der Zeitpunkt, an dem ein Symptom auftritt, weitere Hinweise zu seiner Deutung liefert. So ist also immer auch der zeitliche Rahmen einer

Erkrankung zu untersuchen, und zwar sowohl im Hinblick auf äußere Faktoren als auch auf innere Prozesse. Was passierte gerade in meinem Leben als ich erkrankte? Welche Themen und Gedanken beschäftigten mich? Gab es besondere Veränderungen?

Ein Symptom ist also immer ein sichtbar gewordener Schattenaspekt. Ein Schatten ist ein unbewusster Teil unserer Persönlichkeit. Symptome können uns demnach die Heilung bringen, wenn wir den Schattenaspekt erkennen und anschließend ins Bewusstsein lassen, was uns bisher gefehlt hat. Allein durch diese Bewusstseinserweiterung ist Heilung überhaupt möglich.

Meditation

Auf dem Weg zu meiner Gesundung musste ich also Eigenarbeit leisten, indem ich mit meiner Seele sprach, ihr zuhörte und mich mit ihren Anforderungen auseinander setzte. Doch wie macht man das? Meine Überlegungen und Erfahrungen ließen mich zwangsläufig die Meditation als wichtigstes Element entdecken.

In Chris Griscoms Light-Institute hatte ich ja bereits einige Methoden, mit bisher unbeachteten Aspekten meiner Selbst zu kommunizieren, kennengelernt und praktiziert. Die Erfahrungen und Ergebnisse waren verblüffend gewesen. Musste ich nicht einfach nur auf diesem Weg weitergehen?

Das Wort »Meditation« hatte mir bis zu diesem Zeitpunkt eigentlich immer ein wenig Angst gemacht. Meditation war für mich ein abstrakter Begriff, und ich dachte, in der Meditation würde man einfach nur stundenlang dasitzen und jegliches Denken auszuschalten versuchen. Doch dieses ist ja lediglich eine der zahlreichen Varianten von Meditation. Tatsächlich sind die meisten Meditationsmethoden äußerst konkret. Die Variationsmöglichkeiten sind schier unerschöpflich. Es gibt nicht die eine und einzige »richtige« Methode der Meditation. Und nicht jeder Weg ist für Jeden gleichermaßen geeignet. Auch hier gibt es eindeutige Vorlieben, die es nach und nach herauszufinden gilt.

Wissenschaftler haben beobachtet, dass während der Meditation die Puls- und Atemfrequenz abnimmt, weniger Sauerstoff verbraucht und weniger Kohlendioxid produziert werden und der Blutdruck sinkt. Mittels EEG ist eine Zunahme der Alphawellen im Gehirn messbar und die Blutanalyse ergibt ein Absinken der Laktatkonzentration im Blut, was auf eine Stressverminderung schließen lässt. Weiterhin wurde in unterschiedlichen Untersuchungen verschiedenster Forschungsgruppen festgestellt, dass offenbar ein Zusammenhang zwischen regelmäßiger Meditation und körperlicher Gesundheit und hoher Lebenserwartung besteht. Beschwerden wie Depressionen, Panikattacken, Schlafstörungen, Impotenz, prämenstruelles Syndrom, Suchtverhalten, Hautkrankheiten, Bluthochdruck und viele mehr können nachweislich gelindert werden. Wird die regelmäßige Meditation darüber hinaus noch durch eine Änderung der Lebensgewohnheiten, der Ernährung und der generellen Haltung dem Leben gegenüber begleitet, ist ihre Wirkung auf die Gesundheit immanent. Meditierende berichten außerdem über eine Zunahme der Kreativität, Produktivität und Konzentrationsfähigkeit. Insgesamt ändert sich bei regelmäßig Meditierenden die Weltanschauung, die soziale Kompetenz, das Einfühlungsvermögen und das Selbstwertgefühl. Die Erfahrungen, die ein Meditierender während der Meditation macht, fördern Gefühle von Ganzheit, Frieden und Wohlbefinden. Im Leben des Praktizierenden breiten sich Stille und eine ganz elementare Klarheit aus.

Der Philosoph und Physiker Carl Friedrich von Weizsäcker erklärte Meditation einmal so: » Es ist ein Stillwerden des bewussten Getriebes und es meldet sich, es zeigt sich etwas, was auch immer vorher da war. Überhaupt wird man durch die Meditation kein anderer, sondern der, der man immer gewesen ist.«

Doch Meditation lässt sich eigentlich mit Worten nicht erklären, man muss sie erfahren! Per definitionem handelt es sich um eine geistige (häufig auch religiöse) Übung, die durch sinnende Betrachtung zur Erfahrung des Inneren Selbst führen soll. Schon aus dieser Definition ergibt sich, dass es eine Vielzahl von Meditationsformen geben kann, die alle diesem Ziel dienen. Manche Meditationen beschränken sich darauf, Stille und Schweigen zu üben. Häufig geschieht dies, indem die Konzentration auf ein Wort, ein Bild oder einen Satz fokussiert wird, so dass alle anderen Gedanken dadurch verbannt werden. Wieder andere Meditationsformen erlauben jeglichen Gedanken zu kommen, um dann bewusst und frei von Wertung wieder weggeschickt zu werden. Eine weitere Technik bedient sich der Visualisierung. Dabei werden verschiedene (Wunsch-)Bilder mit einer bestimmten Ausrichtung vor das innere Auge gerufen. Diese Methode wird besonders sinnvoll eingesetzt zur Förderung eines friedvollen Herzens, zur Überwindung von Hass und Groll und für herzliches, ehrliches Verzeihen. Wieder andere Meditationen bedienen sich der inneren Phantasiereisen. Oder es werden Mantras (ein hörbar zu wiederholendes Wort oder Wortgefolge) und Mudras (bestimmte Fingerhaltungen) eingesetzt. Das Mantra »Om« ist beispielsweise auch vielen Laien zumindest vom Hörensagen bekannt. Wieder andere Meditationsformen arbeiten mit Klängen, dem Atemfluss, mit ausgewählten Düften oder dem visuellen Fixieren bestimmter Objekte. Viele Techniken erfolgen dabei in Bewegungslosigkeit, einige hingegen nutzen die körperliche Bewegung.

Mit meinen ersten Erfahrungen und einer Fülle von Lesestoff zu diesem Thema entwickelte ich schrittweise meine eigenen Meditationsformen.

Inzwischen hatte ich ja bereits die wichtigsten Konsequenzen aus der Einsicht in meine karmischen Strukturen gezogen. Ich hatte mich von meinem Lebensgefährten getrennt, mein ebenfalls karmisch belastetes Haus verlassen und war nach Spanien gezogen. Hier lebte ich in einer Wohnung direkt am Meer, und ich verordnete mir eine »Selbsterkundungs-Kur«. Dabei war eiserne Disziplin vonnöten. Mehrere Stunden täglich verbrachte ich damit, meine Chakren zu stärken, mich mit Hilfe des Meeres dem Energiefluss des Lebens hinzugeben, mich auf innere Reisen zu begeben, um die Bedürfnisse meiner Seele zu entdecken. Während ich stundenlang äußerlich regungslos am Strand saß, entdeckte ich innerlich immer mehr von mir selbst. Dies war harte Arbeit, auch wenn es wie Müßiggang ausgesehen haben mag. Vieles, was ich fand, war verschüttet, verletzt, verkümmert. Doch ich war endlich bereit, mich meiner Seele anzunehmen.

Im Laufe der nächsten Monate wurde ich innerlich immer ruhiger. Gleichzeitig beruhigte sich mein physischer Körper. Die epileptischen Anfälle hörten auf. Die quälenden nächtlichen Kopfschmerzen wurden weniger. Ich konnte wieder ruhig schlafen, und wenn ich doch einmal mit dem bekannten unerträglichen Druck im Kopf erwachte, ging ich hinunter zum Ufer des Meeres und fühlte mich leichter. In diesen Monaten lernte ich mich selbst immer besser kennen. Nicht alles, was in meinen Selbsterkundungsbemühungen zutage kam, gefiel mir. Doch ich war endlich wirklich bereit, mich so anzuschauen und anzunehmen, wie ich war. Und dabei setzte bereits eine Veränderung ein. Ich empfand tiefen inneren Frieden, konnte mit Distanz mein strebsames Ego belächeln, gestand mir meine Ängste, meine Trauer, meine Wut und meine Sehnsüchte ein und fand doch gleichzeitig heraus, dass ich alles, was mir fehlte, schon die ganze Zeit in mir selbst getragen hatte.

Nun mag dies alles ganz wunderbar friedvoll und angenehm klingen. Doch während dieser Zeit ging ja auch meine äußere Existenz weiter. Ich hatte nun schon seit geraumer Zeit keine Einkünfte mehr. Um mir die Zeit in Spanien zu finanzieren, hatte ich eine Lebensversicherung gekündigt. Das riesige, leer stehende Haus in Deutschland verursachte jedoch auch weiterhin Kosten. Ich versuchte es seit geraumer Zeit zu verkaufen, doch der Immobilienmarkt war in Zeiten wirtschaftlicher Rezession am Boden. Ich konnte bald meine finanziellen Verpflichtungen nicht mehr erfüllen. Als mein Gesundheitszustand sich soweit stabilisiert hatte, dass ich wieder zuverlässig arbeiten konnte, gründete ich meine Firma »Soul-Wellness« und gab Kurse in Qi-Gong und Meditation. Ich ließ mich zur Pranaheilerin ausbilden und konnte Menschen helfen, ihre Beschwerden loszuwerden. Nebenbei nahm ich verschiedene Jobs an, um zu überleben. Dabei zeigte mir mein Körper immer sofort, wenn ich es übertrieb und mir nicht mehr genügend Zeit für meine Meditationen und Übungen nahm. Doch der äußere existenzielle Druck machte es manchmal schier unmöglich für mich, in einen wirklichen Ruhezustand zu kommen. Die sorgenvollen Gedanken ließen sich nicht einfach zur Seite schieben. Ich sah einfach keine Perspektive für die Zukunft und wusste doch gleichzeitig, wenn ich den einmal eingeschlagenen Weg verließe, würde es gar keine Zukunft mehr für mich geben! Immer und immer wieder half mir die Meditation in Verbindung mit der Meeresenergie, am Leben zu bleiben und täglich auch zu immer besserer körperlicher Gesundheit zu finden.

Drei Jahre, nachdem ich von der Schulmedizin austherapiert nach Hause geschickt worden war und den Göttern in Weiß den Rücken gekehrt hatte, kurz vor meinem 43. Geburtstag, begab ich mich noch einmal in die Diagnosemaschinerie der Apparatemedizin. Ich schenkte mir selbst, meiner Familie und meinen Freunden Magnetresonanzaufnahmen meines Gehirns, in denen absolut keine Spur meiner Krebserkrankung mehr zu finden waren.

Lebensaufgabe und Lebensthemen

Nachdem ich erst einmal begonnen hatte, mein Weltbild zu erneuern und die Dinge des Lebens in einem anderen Licht und Zusammenhang zu sehen, stieß ich schnell auf die Erkenntnis, dass wir offensichtlich alle mindestens eine bestimmte Lebensaufgabe haben. Bereits vor vielen Jahren war mir von einer Astrologin erklärt worden, dass meine persönliche Lebensaufgabe im Bereich »Helfen, Heilen, Lehren« lag. Langsam ließ ich den Gedanken zu, dass dies wohl tatsächlich stimmen könnte. Das Leben hatte mich bereits bis hierhin in langsamen, mühevollen Schritten darauf vorbereitet.

Es gibt ja viele Menschen, die eine natürliche Neigung und Begabung haben sowie Befriedigung darin finden, ihren Mitmenschen zu helfen. Dies können zum Beispiel Menschen in pflegerischen oder sozialen Berufen sein. Ich muss gestehen, dass ich in jüngeren Jahren ganz und gar nicht in diese Kategorie gehörte. Vielmehr stand viele Jahre lang mein eigenes Wohlergehen für mich an allererster Stelle. Ich lebte ein Leben in ausgesprochenem Luxus, von dem ich meinte, es würde immer so weiter gehen. Ich war so sehr mit Äußerlichkeiten beschäftigt, dass ich gar nicht merkte, wie leer es in mir war. So suchte das Leben für mich eine ganz besondere Herausforderung, an der ich wachsen konnte, um zu entdecken, dass ich nicht nur in der Lage war zu helfen, sondern es von Herzen gerne tat.

Während meiner Ehe unternahm ich mit meinem Mann eine Urlaubsreise nach Südafrika. Doch bereits am ersten Abend erlitt er einen schweren Herzanfall. Unter abenteuerlichen Umständen schaffte ich ihn aus dem winzigen Nest, in dem wir uns befanden, auf die Intensivstation eines kleinen Krankenhauses, wo er schließlich eine ärztliche Notfallversorgung erhielt. Er überlebte knapp. Und das Thema Tod hatte sich mir in neuem Gewand genähert.

An diesem Abend änderte sich mein Leben. In den darauf folgenden Wochen stellte ich mich ganz und gar auf die Fürsorge für meinen kranken Mann ein. Ich flog ihn nach Kapstadt, mitten ins Zentrum der Kardiologie. Dort wurde er operiert, dort wurde er ins Leben zurückgeholt. Ich war immer an seiner Seite, auch noch, als er die ersten mühsamen Schritte zurück ins wirkliche Leben machte.

Zu diesem Zeitpunkt hatte ich mein eigenes Dasein komplett verdrängt und bestand nur noch aus gelebter Liebe, Fürsorge und Hilfe. Am Vorabend seiner Operation saß ich am Krankenbett meines Mannes. Der Blick aus seinem Zimmer war wunderschön, vor dem Fenster ging der südafrikanische Tag zuende. Eine ergriffene Stille herrschte in dem Krankenzimmer, es waren keine Worte nötig, wir waren uns ganz nah. Wir wussten beide, dass die folgende Operation über Tod oder Leben entscheiden würde. Mein Mann sollte völlig nackt und kahl in den OP-Saal. Er war also am ganzen Körper rasiert worden, und nun zog er seinen Ehering vom Finger, gab ihn mir und sagte mir mit leiser Stimme, wie sehr er mich liebte und dass ich wissen sollte, dass er eine wunderschöne Zeit mit mir gehabt hatte. Dieser Abschied war weder kitschig noch überzogen oder sonst irgendwie deplatziert. Dies war ein sehr ehrlicher, intimer Moment in unserer Ehe, einer von leider sehr wenigen.

Am nächsten Morgen um sieben Uhr sollte die Operation durchgeführt werden. Der behandelnde Kardiologe hatte mir gesagt, ich sollte gegen vierzehn Uhr auf der Intensivstation warten. Mit schlotternden Knien fand ich mich dort ein. Der Arzt kam mit einem aufmunternden Lächeln auf mich zu. Alles wäre gut verlaufen, sagte er. Mein Mann würde jetzt gerade gesäubert, dann könnte ich zu ihm. Damit hatte ich gar nicht gerechnet, und als der Arzt meinen entsetzten Blick sah, nahm er mich ganz einfach in den Arm und begleitete mich auf die Intensivstation zu meinem Mann. Überall führten Schläuche in ihn hinein und aus ihm hinaus. Mir machte das Angst, ich war solchen Anblick ja nicht gewohnt, aber die Erleichterung, mich davon überzeugen zu können, dass er noch lebte und offensichtlich in guten Händen war, wog alles auf.

Ich dankte dem Arzt und verabschiedete mich. Mir wurde noch die Nummer der Intensivstation mit auf den Weg gegeben und die Aufforderung, zu jeder Tages- und Nachtzeit, wenn mir danach sei, anzurufen und mich nach dem Befinden meines Mannes zu erkundigen.

Die darauf folgenden Tage verbrachte ich auf der Intensivstation, am Anfang begleitet von eigenen angstbedingten Schwindelattacken. Während der langen Wartezeiten im Zimmer für die Angehörigen schrieb ich ein Tagebuch für meinen Mann, das ich hier wiedergeben möchte, um ein Bild davon zu malen, wie es in mir aussah.

»Hätte ich vorher gewusst, wie es sein würde, dann hätte ich einer Operation wohl nicht so schnell zugestimmt. Drei Tage ist es her, dass sie dir vier Bypässe gesetzt haben. Vor einer Woche um diese Zeit hatten wir noch keine Ahnung von deinen Arterienverengungen. Es ist sehr beängstigend hier im Krankenhaus. Die Schwestern kümmern sich ganz lieb um dich, besonders eine habe ich ins Herz geschlossen, und ich bin beruhigt, wenn sie Dienst hat. Jedoch scheint mir dein Zustand so bedrohlich unverändert. Ich kann nicht beurteilen, inwieweit das normal ist oder nicht. Du bist ein sehr, sehr ungeduldiger Kranker. Du jammerst viel und beklagst dich ständig. Nichts geht dir schnell genug. Das passt eigentlich gar nicht zu dir, da du doch sonst immer so hart gegen dich selbst bist. Doch dieses Häufchen Mensch, zu dem du hier zusammengeschrumpft bist, hat überhaupt nichts mehr zu tun mit dem dominanten krisenfesten Mann, den wir alle kennen.

Ein ganz neues Leben hat von mir Besitz ergriffen. Ich merke kaum, was ich mir morgens anziehe und ob ich genügend esse. Und es spielt dabei schon lange keine Rolle mehr, ob es schmeckt oder nicht. Wenn ich morgens erwache, kann ich es kaum erwarten, zu dir ins Krankenhaus zu kommen. Ich kann mir gar nicht vorstellen, woanders zu sein. Dort angekommen, werden meine Stunden durch deinen Rhythmus bestimmt. Bist du wach, dann bin ich bei dir. Du freust dich immer so sehr, wenn du mich siehst. Dein Gesicht hellt sich dann sofort auf. Du bist wie ein kleines Kind.

Der Aufenthalt auf der Intensivstation ist mir inzwischen vertraut. Ich kenne die anderen Patienten und kann erkennen, ob es ihnen besser geht als am Vortag. Leider kommt es mir so vor, als würde jeder um dich herum Fortschritte machen außer dir. Ich habe Angst. Immer wenn ich die Schwester frage, ob dein Zustand normal sei, dann klagt sie über Schwierigkeiten mit deinem Bluthochdruck und deinem Puls. Manchmal denke ich, ich kann es nicht mehr aushalten. Wenn dann noch deine verwirrten Momente dazukommen, dann tut es mir fast leid, dass wir uns zu dieser Operation durchgerungen haben. Doch so etwas darf ich gar nicht denken, oder?

Wenn du schläfst, verbringe ich unendlich scheinende Stunden im Warteraum für Angehörige. So wie all die anderen. Es ist ein kleiner acht Quadratmeter großer, fensterloser Raum, in dem wir uns gegenseitig unsere Geschichten erzählen, d. h. die Krankengeschichten unserer Männer, Väter oder sonstigen Angehörigen. Viele sind extrem schlimmer dran als wir.

Am Abend schaut der Herzchirurg nach dir. Er macht mir wieder etwas Mut und erklärt mir, dass deine Verwirrtheit und deine veränderte Persönlichkeit von den Morphinen ausgelöst werden, die du bekommst. Die Irritationen bei Blutdruck und Puls dagegen werden ausgelöst von den Kanülen, die noch immer in deiner Brust stecken. Der Arzt sagt, er sei zuversichtlich, dich morgen schon davon befreien zu können. Etwas beruhigter gehe ich nach Hause. Ich fühle mich sehr allein.

Die Tage hier vergehen in einem seltsamen Vakuum. Nach der Rückkehr ins Hotel bin ich fast zu erschöpft um zu essen.

Das Leben draußen hat aufgehört zu existieren. Nachts gilt es, Kraft zu tanken für den nächsten Tag auf der ICU (Intensive Care Unit).

Nachts um zwei werde ich durch das Telefon geweckt. Mein Herz rast und bleibt sogleich fast stehen vor Angst. Das kann ja nur das Krankenhaus sein. Niemand sonst hat diese Nummer. Ich melde mich bereits nach dem zweiten Klingeln, doch die Leitung ist tot. Und das Telefon bleibt stumm. Fehlalarm! Mein Gott, wie lange werde ich diese Anspannung noch durchstehen? Ich habe das Gefühl, ganz allein auf der Welt zu sein.

Als ich am nächsten Tag vor dem Lift im Krankenhaus stehe, strahlt mir die Ehefrau deines Bettnachbarn entgegen: »Ihr Mann sieht heute wunderbar aus. Sie werden sich freuen, ihn zu sehen.« Wie wichtig ein nettes Wort eines fremden Menschen geworden ist!! Voller Erwartung gehe ich rasch auf die Intensivstation. Und richtig! Du siehst blendend aus. Alle Kanülen, oder wie immer man diese Dinger auch nennt, sind entfernt worden, bis auf eine, die sich am Hals befindet. Die beängstigenden Diagramme und Tabellen sind von der Pinnwand an Deinem Bett entfernt worden. Du hast tatsächlich die kritische Phase überwunden. Ich bin unsagbar glücklich und erleichtert. Wir können uns sogar ein bisschen unterhalten. Du bist heute morgen ganz klar. Als ich dir erzähle, was du mir gestern alles an den Kopf geworfen hast, kannst du dich an gar nichts erinnern. Aber das alles ist auch schrecklich unwichtig. Was allein zählt, ist, dass du auf dem Wege der Besserung bist. Ich liebe dich unendlich. Ich habe deinen Ehering mitgebracht, den du mir am Vorabend der Operation gegeben hattest. (Ein schrecklicher Moment, von dir Abschied zu nehmen und dich so nackt und bloß im Krankenhaus zurückzulassen. Ich werde das Gefühl nie vergessen.) Doch nun geht es dir besser, und ich darf dir den Ring wieder an den Finger stecken. Ich heirate dich ein zweites Mal! Und ich liebe dich mehr, als ich dich jemals geliebt habe. Welch ein Glück, dass du lebst.

Eine der Frauen, die regelmäßig im Wartezimmer für Angehörige zu finden ist, wartet bereits seit drei Wochen darauf, dass ihr Mann aus dem Koma erwacht. Er hatte einen Autounfall gehabt, bei dem seine beiden Gehirnhälften für den Bruchteil eines Moments auseinandergerissen worden waren. Seither klafft zwischen ihnen eine winzige Lücke, und niemand weiß, ob und wann der Mann aus dem Koma erwachen und in welchem Zustand er dann sein wird. Ich bewundere diese zierliche farbige Frau, die täglich hier erscheint und immer als allerserstes alle anderen nach dem Zustand ihrer Angehörigen befragt. Sie lächelt ständig und hat stets ein gutes Wort für jede von uns. Oft wird sie von ihren drei Töchtern begleitet, von denen eine taubstumm zu sein scheint. Ich schäme mich fast, dass ich daran gezweifelt habe, die Warterei an deiner Seite durchzustehen.

Ich möchte so gerne stärker sein. Doch ich bin nun mal kein Krankenhaus- oder Krankenschwester-Typ. Am ersten Tag nach der Operation kam ich morgens in die ICU. Während der Nacht hatte ich mehrfach angerufen, und es war mir versichert worden, dass dein Zustand relativ normal sei. Jedoch hättest du dich heftig und mit Gewalt gegen die künstliche Beatmung gewehrt, als du erwachtest. Natür-

lich war ich nun sehr nervös und wollte dich sehen. Aber bereits nach wenigen Momenten an deinem Bett spürte ich, dass ich im Begriff war, meinerseits ohnmächtig zu werden. Um dem vorzubeugen, verließ ich eiligst das Zimmer und begab mich in den Warteraum. Dort saß ich geschlagene neunzig Minuten. Ich wollte so dringend bei dir sein und dich beruhigen und dir Mut zusprechen in deinen wenigen klaren Momenten! Doch jedes Mal, wenn ich aufstand, um zu dir zu gehen, wurde mir wieder schwindelig. Ich habe mich entsetzlich dafür geschämt.

Doch inzwischen bin ich sozusagen »krankenhausfest«. Der Anblick von medizinischen Geräten, Kanülen etc. ist mir vertraut.

Es ist mir sogar ein Bedürfnis, die anderen Kranken auf der ICU, die nicht so viel Besuch bekommen wie du, freundlich zu begrüßen. Weißt du eigentlich, daß du der einzige bist, der eine private Unterhalterin hat? Ich hoffe, ich gehe dir nicht auf die Nerven. Ich möchte, dass du dich nicht einsam fühlst, aber ich möchte dich nicht ermüden. Als ich abends gehe, habe ich das Gefühl, wir sind beide froh, dass wir uns einige Stunden ausruhen können.

Am nächsten Tag geht es dir zunächst sehr gut. Doch am Nachmittag stellen sich Komplikationen mit deinem Herzrhythmus ein. Es folgen wieder Stunden höchster Anspannung, bis die Situation unter Kontrolle ist. Wie nah doch noch immer Tod und Leben sind. Wie schnell kann die ganze Situation umschlagen. Meine Nerven liegen bloß. Und erschwerend kommt hinzu, dass ich jetzt so nach und nach auch negative Erlebnisberichte aus diesem Kranken-

haus zu hören bekomme. Falsche Reaktionen der Schwestern im falschen Moment können schließlich fatale Folgen haben.... Nun habe ich plötzlich das Gefühl, gar nicht mehr von deiner Seite weichen zu dürfen. Irgendjemand muss ja schließlich aufpassen, dass dir nichts passiert. Wenn ich doch nur von der Materie Medizin mehr verstehen würde! Wenn ich doch nur beurteilen könnte, ob die Schwestern hier alles richtig machen, ob die richtigen Medikamente verabreicht werden etc. Doch ich habe einfach ganz und gar keine Ahnung. Wir müssen jetzt darauf vertrauen, dass hier jeder weiß, was er tut. Langsam kriecht wieder die Angst in mir hoch, und es ist niemand da, dem ich mich anvertrauen könnte.......

Gott sei Dank hast du die Krise am nächsten Morgen überstanden, und du darfst endlich die Intensivstation verlassen. Das ist ein riesengroßer Schritt für uns. Es ist noch ein langer Weg zurück in dein normales Leben, doch endlich geht es voran. Ich bin unendlich glücklich und weiche nicht von deiner Seite.«

Ganz nebenbei und weil ich ja immer alles ganz genau wissen will, eignete ich mir in dieser Zeit ein profundes Wissen über Teilaspekte der Kardiologie an. Am wichtigsten jedoch war für mich die Erkenntnis, wie stark ich plötzlich sein konnte, als meine Hilfe gebraucht wurde. Wie sehr es mich erfüllte, zu helfen und den Heilungsprozess meines Mannes zu unterstützen. Wie wichtig es für mich war, gemeinsam mit meinem Mann Leben und Tod neu zu definieren. Wieviel Kraft ich ihm geben konnte. Und es war für mich eine unglaublich wichtige Erfahrung, dass ich aus der Hilfe für einen anderen Menschen selbst so enorm viel Kraft und Glück zog.

Sehr viel später, als ich begann, für andere Menschen Energiebehandlungen, Beratungsgespräche und Meditationen durchzuführen, machte ich die gleiche Erfahrung. Es war und ist stets eine Quelle des Glücks und der Freude mit anzusehen, wie es einem anderen Menschen besser geht. So oder ähnlich wird es jedem Heiler und Helfer gehen. Diese Menschen opfern sich nicht auf, so wie es oft von außen scheint, sondern sie haben durch ihre Tätigkeit die besondere Chance, Kraft aus den Erfolgen ihrer Arbeit zu ziehen. Vor allem sind alle Heil- und Helferberufe wahre Quellen für echtes Mitgefühl. Natürlich gibt es die berühmten Ausnahmen von der Regel, wenn beispielsweise ein Helfer durch bürokratische Anforderungen, schlechte Bezahlung oder Arbeitsüberlastung die schönen Seiten seines Berufes nicht mehr wahrnehmen kann. Und ebenso hört und liest man auch immer einmal von Heilern und Ärzten, die in Wahrheit nicht am Befinden ihrer Patienten interessiert sind und mit ihrer Tätigkeit nicht wirklich helfen, sondern vielmehr Geld oder Ruhm erlangen wollen. Doch glücklicherweise gibt es immer noch diejenigen, die mit reinem Herzen ihrem Beruf nachgehen.

Das Leben hatte mich also vor eine Aufgabe gestellt, die nur ich alleine lösen konnte, weil niemand in der Nähe war, der sie mir hätte abnehmen können. Und so stellte ich fest, wie stark ich war und wie glücklich es machen konnte, einem anderen Menschen zu helfen.

Meine Lebensaufgabe lautet »helfen, heilen, lehren«. Der Weg zum Heilen war da für mich schon etwas schwieriger.

Als junger Mensch war ich absolut schulmedizin- und wissenschaftsgläubig. Alles andere war für mich Humbug. Dann schickte mir das Leben eine schwere Krankheit und die Schulmedizin hatte bald keine Hilfsangebote mehr für mich. Erst als ich mich dem Tod gegenübersah, öffnete ich mich für andere Denkweisen. Dieses war für mich ein langer, beschwerlicher Weg, aber wahrscheinlich die einzige Möglichkeit, mich meiner Lebensaufgabe näher zu bringen. Ich musste erst am eigenen Leib erfahren, wie stark der Einfluss eines Heilers sein kann, bevor ich akzeptieren konnte, wie machtvoll die Arbeit mit feinstofflicher Energie ist. Und das war natürlich die beste Voraussetzung für meine spätere eigene Tätigkeit in diesem Bereich.

In gleichem Maße, wie das Leben mich Schritt für Schritt die Zusammenhänge spiritueller Themen begreifen ließ, erhielt ich auch die Möglichkeit, dieses Wissen weiterzugeben.

In meinem Betrieb hatte ich ein junges Mädchen aus Polen angestellt, die auch bei mir im Haus wohnte. Allmählich entwickelte sich zwischen uns eine tiefe Freundschaft, obwohl Justyna meine Tochter hätte sein können. Wir hatten stundenlange ernsthafte Gespräche über den Sinn des Lebens, über religiöse und spirituelle Themen. Hin und hergerissen zwischen den katholisch geprägten und von Konventionen durchsetzten polnischen Denkweisen und der neuen Welt, die sie durch mich erlebte, stellte diese junge Frau zunächst einmal alles in Frage. Durch ihre zweifelnden Einwände lernte ich schnell, meinen Standpunkt immer wieder neu zu formulieren und zu überprüfen und damit mir selbst meiner Sache sicherer zu sein. Und so führte ich zum ersten Mal einen anderen Menschen in die spirituelle Welt ein. Bald gesellte sich ein weiterer enger Freund dazu, der zunächst einmal kategorisch alles ablehnte, was auch nur annähernd nach Spiritualität roch. Doch diese beiden Menschen erlebten in meiner Nähe die unmittelbare Auswirkung energetischer Heilversuche mit, sie spürten mit mir die Energie meines Hauses, sie litten mit mir durch meine Krankheit, sie erlebten, welch enge Bindung zwischen mir und meinem Hund bestand, sie beobachteten aus erster Hand meine energetische Verwandlung nach meiner ersten Reinkarnationstherapie, sie beobachteten meine ersten Experimente mit Tarotkarten und vieles mehr. Ich kann mich an endlose Stunden zu dritt erinnern, in denen wir Fragen nach dem Sinn des Lebens, dem Sinn von Krankheit, von Religion, Meditation usw. erörterten. Ich konnte erstmals auf spielerische Weise meine Begabung Wissen zu vermitteln, mit den spirituellen Themen, die mich beschäftigten, verbinden. Diese zwei Menschen lernten an meinem Beispiel und durch meine erklärenden Worte eine neue Welt kennen und können sich heute mit einer erwachten Bewusstheit weiter entwickeln. So fing alles an.

Und seitdem begegnen mir immer wieder »zufällig« Menschen, die auf der Suche sind und denen ich beim nächsten Schritt behilflich sein kann. Dabei staune ich immer wieder darüber, dass es so glücklich macht mit anzusehen, wie ein anderer Mensch erwacht und sich mit immer sicherer werdenden Schritten auf sich selbst zu bewegt.

Jeder von uns hat eine oder mehrere Lebensaufgaben mit in dieses Dasein gebracht. Viele müssen erst einen langen beschwerlichen Weg durch das Leben gehen, bevor sie auch nur in die Nähe dieser Aufgabe rücken. Wieder andere werden erst ganz am Ende ihres Lebens in den letzten Momenten erkennen, wofür sie gelebt haben und welches der ganz individuelle Sinn hinter ihrem irdischen Dasein war. Und wir alle werden im Laufe unseres Lebens auch immer wieder mit bestimmten Themen konfrontiert, die es zu erfahren gilt.

Numerologie

Je gesünder ich wurde, desto mehr begann ich also, nach meiner Lebensaufgabe zu forschen, meine Lebensthemen freizulegen und mich mit neuem Bewusstsein mit ihnen auseinanderzusetzen. Die Frage nach dem Warum beschäftigte mich zunehmend. Hätte ich früher niemals wirklich geglaubt oder gar zugegeben, dass mein Leben tatsächlich seinen ganz eigenen Sinn hat, so hatte mein Unterbewusstsein doch schon immer gewusst, weswegen ich hier auf der Welt bin. Wir alle kennen die Botschaften durch Träume, Eingebungen und tiefe innere Sehnsüchte. Hinter unserer jeweils individuellen Persönlichkeit manifestiert sich der Ruf unseres Schicksals in grundlegenden Neigungen und Fähigkeiten, die letztendlich unseren Werdegang und unsere zwischenmenschlichen Beziehungen und die Qualität und Richtung unseres Lebens bestimmen. Die Schwierigkeit lag nun darin, eine Methode zu finden, mir meinen Lebenssinn klar zu machen. Dan Millman, der bekannte amerikanische Numerologe, beschrieb diesen Zustand vor der Erkenntnis in einem seiner Bücher sehr treffend:

»*Bis wir den verborgenen Sinn erkannt und uns damit in Einklang gebracht haben, kommt uns unser Leben häufig wie ein Puzzle vor, in dem einige Teile fehlen; wir haben das Gefühl, als seien wir für* etwas *Bestimmtes hier, können es aber nicht recht greifen. Wir arbeiten, genießen unsere Freizeit, essen, schlafen, verdienen Geld, geben es aus und erleben jeder unseren Teil an Erfreulichem und Unerfreu-*

lichem, aber die grundlegende Erkenntnis, welchen Sinn unser Leben hat, mag uns trotzdem versagt bleiben.«

Neben der Astrologie und den Karten entdeckte ich also bald auch die Numerologie als weiteres Instrument, um in die Wiege gelegte Aufgaben zu erforschen. Wer sich mit den unterschiedlichen Systemen auseinandersetzt, wird schnell feststellen, dass die Entdeckungen unter Anwendung der verschiedenen Lehren insgesamt übereinstimmen. Jede Methode wirft ihr eigenes Licht auf einen Teilbereich des Lebens, aber sie stützen sich alle gegenseitig.

Bereits im Mittelalter faszinierte die Mystik der Kabbala, einer jüdischen Geheimlehre, die sich mit der Bedeutung von Buchstaben und Zahlen beschäftigte. Diese wiederum basiert auf den Lehren von Pythagoras, der bereits verborgene Zahlenverhältnisse aufzeigte, die als Schlüssel zu den Geheimnissen der Psyche dienten.

Es gibt viele erläuternde Bücher zur Wissenschaft der Numerologie, und ich kann nur jedem Interessierten und allen Zweiflern raten, sich einfach einmal anhand der eigenen Lebenszahlen mit einer groben Charakteristik zur eigenen Person auseinander zu setzen. Ich verspreche, dass dies zu einigen verblüffenden und interessanten Stunden führt!

In der Numerologie wird davon ausgegangen, dass jede Zahl eine eigene Schwingung hat und symbolisch für bestimmte Eigenschaften steht. Sehr vereinfacht dargestellt repräsentieren die Grundzahlen folgende Grundeigenschaften:

Eins: Entschlossenheit, Führungsqualität, Kreativität, Originalität, Unternehmungsgeist, Zuversicht.
Zwei: Ausgewogenheit, Diplomatie, Freundlichkeit, Freundschaft, Zusammenarbeit.
Drei: Ausdruck, Feingefühl, Freude, Freundlichkeit, Fröhlichkeit, Geselligkeit, Schöpferische Kraft.
Vier: Arbeit, Beständigkeit, Entwicklung, Pragmatismus, Selbstdisziplin, Stabilität.
Fünf: Beweglichkeit, Disziplin, Freiheit, Kommunikation, Sinnlichkeit, Wandel.
Sechs: Häuslichkeit, Harmonie, Schöpferische Kraft, Verantwortung, Vision.
Sieben: Individualismus, Intuition, Kontemplation, Offenheit, Perfektion, Vertrauen.
Acht: Ehrgeiz, Macht, Organisation, Überfluss, Unabhängigkeit.
Neun: Dramatik, Idealismus, Integrität, Leidenschaft, Romantik, Weisheit.

Die Null nimmt eine Sonderstellung ein, hat bei manchen Anwendern keine eigene Bedeutung, steht bei anderen für innere Gaben, verstärkt jedoch in jedem Fall die Eigenschaften der Begleitzahl.

Vor allem trägt jede Zahl positive und negative Aspekte gleichermaßen in sich, dient also **gleichzeitig** als Symbol für gute und schlechte Eigenschaften. Das bedeutet, dass Menschen mit gleichen Zahlen lediglich das gleiche Ausgangspotential haben, jedoch immer noch ihren individuellen Umgang damit finden können.

Zwar ist zu bedenken, dass, wie in allen Systemen, sich ein Gesamtbild immer erst aus den in Relation gesetzten Einzeldeutungen ergibt und eine einzelne Zahl immer nur einen kleinen Teilaspekt beleuchten kann. Und doch ist es für jeden Laien sehr einfach, erste Berechnungen anzustellen. Für die ersten Schritte sind lediglich einfache Quersummenbildungen gefordert. Die grundsätzlichen Bedeutungen der einzelnen Zahlen lassen sich leicht recherchieren und nachlesen. Und schon ist die erste grobe Einschätzung der Persönlichkeit oder des Lebensweges fertig!

Und dabei kann die Numerologie natürlich sehr viel mehr und vermag äußerst differenzierte Studien und komplexe Lebenshilfen zu liefern. Jedem wirklich Interessierten möchte ich für einen ersten Eindruck das Buch »Die Lebenszahl als Lebensweg« von Dan Millman ans Herz legen.

Die Numerologie kann also über die Geburtsdaten grundsätzliche Lebensthemen aufschlüsseln. Weiterhin kann der Name auf Charaktereigenschaften hinweisen. Dabei werden die Buchstaben des Alphabets in Bezug zu den Zahlen gesetzt. Und natürlich können mit Hilfe der Numerologie auch bestimmte Daten und Ereignisse analysiert werden. Dies gilt auch für ganze Zeitalter. So nahm beispielsweise während der vergangenen tausend Jahre die Eins die beherrschende Position ein. Sie steht für das männliche Prinzip, mit dem Bestreben zu führen und zu herrschen. So hatte in der Epoche, in der die Jahreszahlen mit der Eins begannen, auch traditionell der Mann die Führungsrolle. Mit Eintritt in das neue Jahrtausend wird dies abgelöst durch die Energie der Zwei. Die Zwei hat weiblichere Energie und steht für Freundschaft, Zusammenarbeit und Sensibilität. Vor diesem Hintergrund ist es also kein Zufall, dass Frauen im Moment immer mehr Macht gewinnen, bzw. die traditionell weiblichen Eigenschaften mehr Einzug in die Gesellschaft halten. So wird das Zeitalter des New Age auch aus numerologischer Sicht begründet.

Der spielerische Umgang mit Karten-, Zahlen- und Sterndeutungen ist zu einem festen Bestandteil meines Lebens geworden. In Zeiten des Zweifels führt mich die Auseinandersetzung mit diesen Lebensinterpretationen immer wieder zur Selbstanalyse und damit zurück ins Gleichgewicht. Für mich ist es wichtig geworden, den tieferen Sinn hinter meinem Leben zu erkennen. Schon Seneca sagte: *»Wenn wir nicht wissen, welchen Hafen wir ansteuern sollen, ist kein Wind günstig.«*

Engel und andere Begleiter

Bis hierher hatte ich also einen bahnbrechenden Weg der Erkenntnis und Entwicklung hinter mich gebracht: Ich hatte mich von meinem Mann getrennt. Ich hatte mein Haus gefunden, gekauft und bezogen, trotz aller Widrigkeiten. Ich hatte im Vorbesitzer dieses Hauses meine große Liebe gefunden, trotz aller Widrigkeiten. Er zog zu mir und damit wieder zurück in dieses Haus, trotz aller Widrigkeiten. Ich wurde schwer krank. Ich bekam ersten Kontakt zu Energieheilung. Ich deckte mit Hilfe der Reinkarnationstherapie auf, dass es zwischen meiner Krankheit, meinem Haus, meinem Ex-Mann, meinem Lebensgefährten und seiner Ex-Frau eine dichte karmische Verbindung gab. Dann begann ich umzusetzen, was ich bis hierher gelernt hatte: Ich trennte mich zunächst ganz entschlossen von meinem Lebensgefährten. Dann löste ich meinen Betrieb in meinem Haus auf. Doch durch die Energie, die dabei frei wurde, fühlte sich mein Ex-Lebensgefährte wieder angezogen. Er meldete sich nach einem Jahr des Schweigens wieder bei mir, half mir, das Haus (zu dem er ja auch eine sehr starke karmische Verbindung hatte) leer zu räumen. Noch waren wir nicht so weit, dass wir das starke energetische Band, das uns zusammenhielt, durchtrennen konnten. Also folgte ich ihm nach Spanien. Die karmischen Energien nahmen uns erneut gefangen, und natürlich gab es die gleichen Verhaltensmuster wie in der Vergangenheit. Doch etwas war anders geworden: Ich hatte erkannt, dass hier alte Energien am Zug waren, und dass durchaus die Chance bestand, sich daraus zu befreien. Ich trennte mich also ganz bewusst und endgültig von ihm. Ich hasste es, ihm weh zu tun. Doch konnte ich ihm nicht erklären, warum es nötig war, den Kontakt abzubrechen. Am Ende führte dieser Schritt zu einer heftigen Gegenreaktion. Ausgerüstet mit allem Detailwissen um meine wirtschaftliche Situation, taten sich meine drei karmischen Gegenspieler, so will ich sie hier einmal nennen, zusammen. Und unter Entwicklung höchst hässlicher krimineller Energie und dem missbräuchlichen Einsatz einer früher gegebenen Generalvollmacht wurde ich um alles gebracht, was ich wirtschaftlich besaß. Ich stand vor dem absoluten wirtschaftlichen Ruin. Energetisch war dies leicht zu erklären: Das zwischen uns Vieren und dem Haus bestehende dichte Netz gegenseitiger Energiebänder lebte davon, dass es beständig von allen Seiten aufgefrischt wurde, indem die dazugehörigen Emotions- und Verhaltensmuster belebt wurden. Doch ich hatte quasi eigenmächtig und einseitig begonnen, keine neue Energie in dieses Netz einzuspeisen. Ich trennte mich, ich entfernte mich, ich baute sowohl eigene Sehnsuchts- als auch eigene Rachegefühle ab, ich ließ mich nicht mehr auf Gespräche und Treffen ein. Alle Signale, die aus anderen Teilen des Netzes kamen, wurden in bisher unbekannter Weise von mir beantwortet oder unbeantwortet gelassen. Dies musste zwangsläufig zu großer Verwirrung und der dann tatsächlich geschehenen Überreaktion führen. So rückten die anderen Drei wieder dichter zusammen, so verlor ich meinen Besitz, so übernahm mein Ex-Lebensgefährte wieder das Haus, mit dem er wohl noch immer etwas zu klären hat. Das tat alles sehr weh und kostete viel Kraft (und Geld!). Doch es führte mich auch mit großer Konsequenz in die richtige Richtung. Denn ich konnte nun die freigewordenen Energien nutzen. Ich blieb in Spanien, begab mich in die unmittelbare Nähe zum Meer, begann meine große Selbstheilungs-Reise, wurde immer gesünder, fand meine Lebensaufgabe und einen nie gekannten inneren Frieden.

In dieser Zeit pendelte ich sehr häufig mit dem Auto zwischen Deutschland und Spanien. Ich genoss die langen einsamen Autofahrten. Sie hatten etwas geradezu Meditatives für mich. Ich fuhr die knapp dreitausend Kilometer mehrmals im Jahr nonstop. Dabei entwickelte ich kleine unsinnige Rituale, um mir die Zeit zu vertreiben. Wenn ich beispielsweise auf der Überholspur fuhr und auf der rechten Spur vor mir ein Auto entdeckte, von dem ich »das Gefühl hatte«, es könnte gleich nach links ausscheren und eine gefährliche Verkehrssituation verursachen, dann gewöhnte ich mir an, mit dem Finger auf dieses Fahrzeug zu zeigen und »Bleib da!« zu sagen. Dieses funktionierte einfach IMMER, auch bei Autos, die den Ausschervorgang bereits begonnen hatten. Ich fand das witzig, war aber sicher, dass dies reiner Zufall war.

Eines Nachts fuhr ich durch Paris in Richtung Deutschland. Ich war schon lange unterwegs und ein bisschen müde. Irgendwie hatte ich wohl nicht aufgepasst und eine falsche Autobahn erwischt. Wer Paris kennt weiß, dass hier auch nachts lebhafter, schneller Autoverkehr herrscht. Und nun war ich ziemlich genervt, weil dieser Fehler mich wohl mindestens eine halbe Stunde kosten würde. Ich fuhr also mit dem üblichen halsbrecherischen Tempo durch die wirren Straßen von Paris, als ich über mir schwebend im Auto ein Wesen wahrnahm. Ohje, dachte ich, jetzt bist du durch die Übermüdung übergeschnappt. Ich blickte vorsichtig auf und sah dort tatsächlich ein nacktes kleines dickliches Wesen, dass wie eine Putte aussah. Und dann sprach die Putte und sagte höchst erfreut:

»Schön, dass du mich endlich wahrnimmst.«

Ehrlich, ich zweifelte an meinem Verstand. Ich war sicher, einer Halluzination zum Opfer zu fallen und schwor mir sofort, nie wieder die lange Tour ohne Zwischenstopps und Übernachtungen zu machen! Derweil war dieses seltsame Wesen höchst vergnügt und kicherte vor sich hin.

»Ich habe so lange darauf gewartet, dass du mich zur Kenntnis nimmst. Ich freu mich so sehr.«

Ich war also übergeschnappt. Nun gut. Aber ich war nun mal auch allein im Auto und konnte ja genauso gut einmal antworten. Dann würde sich die Halluzination sicher in Luft auflösen.

»Aha«, bemerkte ich trocken. »Und wer bist du, wenn ich fragen darf?«

»Ich heiße Paul, und ich bin dein Schutzengel«, kam die vergnügliche Antwort. »Ich liebe Autofahren. Und ich habe dich auf jeder Tour begleitet. Und jetzt kannst du mich endlich sehen. Wurde ja auch Zeit.«

Mittlerweile hatte ich mich so richtig im nächtlichen Verkehrsgewühl von Paris verfranst. Und war genervt. Und zweifelte an meinem Verstand. Und wollte nur noch weg hier.

»Na gut«, sagte ich. »Wenn du mein Schutzengel bist, dann kannst du mir ja auch mal hier raushelfen. Wir haben uns nämlich verfahren.«

»Kein Problem«, antwortete Paul. »Allerdings war dieser kleine Umweg wichtig. Wir werden nämlich gleich den Vollmond über dem Eifelturm sehen, und dafür lohnt sich doch der kleine Extra-Zeitaufwand.«

Ich kam aus einem Tunnel gefahren, und tatsächlich: Es war ein beeindruckendes Bild, das sich mir bot. Der Eifelturm war beleuchtet und ganz nah (leider viel näher, als er sein sollte) und direkt über ihm stand ein rötlich schimmernder Vollmond. Darunter funkelten die Lichter des nächtlichen Paris. Ein unbeschreiblich schöner Anblick, geradezu mystisch.

»Siehst du, hab ich doch gesagt«, quiekte Paul siegessicher.

»Und jetzt fährst du da vorne ab, und ich leite dich auf die richtige Strecke zurück.«

Tja, und das tat Paul dann auch. Jedenfalls glaubte ich an bestimmten Abzweigungen, seine Stimme zu hören und folgte diesen »Intuitionen«. Nach fünfzehn Minuten war ich wieder auf der richtigen Strecke, und wie sich heraus stellte, hatte ich einige Kilometer gewonnen und kaum Zeit verloren. Ich war erleichtert. Und da es ja keine Zeugen für meine geistige Verwirrtheit gab, konnte ich mir schließlich auch die Zeit bei einem kleinen Plausch mit meinem Schutzengel vertreiben. Dabei war ich auch etwas enttäuscht, denn ich hatte mir meinen Schutzengel –wenn ich denn überhaupt an dessen Existenz glaubte- immer irgendwie wichtiger und weiser vorgestellt. Und nun schwebte hier eine dickliche, kichernde, nackte

Putte durch mein Auto. Nicht mal mein Schutzengel war so richtig seriös. Na, Prost Mahlzeit!

»Warum hast du dich denn vorher nie gezeigt?«, fragte ich.

»Die Zeit war noch nicht reif. Du warst einfach noch nicht bereit, mich zu sehen«, antwortete mein Begleiter. »Aber heute endlich! Es ist viel schöner so«, lachte Paul.

»Naja, wie man's nimmt«, brummelte ich zurück.

»Ich war immer dabei, wenn du unterwegs warst«, insistierte Paul. »Denk mal an das Spiel mit dem Zeigefinger, das du immer machst, um die vor dir fahrenden Autos vom Überholen abzuhalten. Das war ich!« Paul war hörbar stolz.

»Jaja, klar«, meinte ich müde.

Ich fand, es war nun Zeit, dieses Phantasiespielchen zu beenden und mit den Selbstgesprächen aufzuhören. Doch hartnäckig hielt sich das Bild des unter dem Autodach schwebenden fröhlichen und äußerst kindlich scheinenden Paul.

»Ich werde es dir beweisen«, jubelte Paul plötzlich.

»Siehst du den blauen Peugeot dort vorne links? – Der wird gleich auf unsere Spur fahren. Wenn du mit dem Finger auf ihn zeigst, wird er es sich anders überlegen.«

Der Leser mag mir verzeihen, dass ich darauf bestehe, gesehen zu haben, wie in diesem Moment vor mir ein blauer Peugeot zum Überholen eines Lkw ansetzte. Instinktiv zeigte ich auf ihn, und das Fahrzeug reihte sich tatsächlich wieder hinter dem Brummi ein. Mir ist klar, wie äußerst unglaubwürdig das klingt. Ich habe auch bisher nur sehr wenigen, sehr vertrauten Menschen davon erzählt und lange überlegt, ob ich es wagen kann, in diesem Buch davon zu berichten. Aber die Entdeckung Pauls war ein wichtiger Schritt zu der Erkenntnis, dass neben unserer sichtbaren, noch sehr, sehr viele andere Daseinsformen bestehen. Und so fand Paul exemplarisch für all die anderen Wesen, die sich mir seitdem offenbarten und mir zur Seite stehen, Eingang in dieses Buch. Und während ich dies schreibe, kichert er fröhlich und äußerst zufrieden vor sich hin.

Inzwischen habe ich viele Menschen kennen gelernt, die mit ihren Engeln kommunizieren. Es gibt unzählige Berichte über solche Erlebnisse und eine unüberschaubar große Zahl von Büchern über dieses Thema. Es mag jeder selbst entscheiden, ob er sich dieser Thematik nähern möchte. Und wenn der richtige Zeitpunkt gekommen ist, werden sich diese Wesen ohnehin offenbaren.

Mit dem Erkennen von Paul hatte ich den ersten Schritt zurück zur Wahrnehmungsfähigkeit meiner Kindheit getan. Inzwischen sind mir nach und nach einige unterschiedliche Begleitwesen sichtbar geworden. Sie alle verbindet eine tiefe Liebe und unerschöpfliche Weisheit und ich kann sie jederzeit um Trost und Rat bitten. Auch die Seele meiner verstorbenen Hundefreundin Bully gehört in diesen Kreis meiner Seelenfreunde. Genauso wie sie während ihres Lebens nicht von meiner Seite wich und mich in schweren Zeiten stützte, ist sie auch jetzt jederzeit da und mir nah. Wenn sie mit mir kommuniziert, erinnert sie dabei in keiner Weise mehr an einen

Hund. Ich könnte gar nicht mit Worten beschreiben, wie ich ihre Energie wahrnehme. Was geblieben ist, ist ihre liebende Seele.

Nach tiefgehenden Erfahrungen und Erlebnissen, kann ich also heute sagen: Ich lebe! Bewusster und intensiver als vor meiner Erkrankung. Ich habe viel gelernt, und täglich kommt Neues hinzu. Ich bin dem Leben dankbar für jede Lektion, die es mir schickt. Ich danke jeder Seele, die mir hilft, neue Erfahrungen zu machen. Und ich habe das Heilmittel für jeden Schmerz und jede Krankheit entdeckt. Es heißt Liebe.

Zu guter Letzt

Ich lebte allein in Spanien und fuhr nur hin und wieder nach Deutschland zurück, um Familie und Freunde zu sehen. Zu diesem Zeitpunkt war ich finanziell so abgebrannt, dass ich trotz meiner diversen Jobs überwiegend von Geldgeschenken meiner Freunde und Familie lebte. Und ich fühlte mich sehr unbehaglich dabei. Ich machte mir sehr große Sorgen um die Zukunft. Ich schämte mich natürlich auch und kam mir bisweilen nutzlos vor. Trotzdem hatte ich das sichere Gefühl, das Richtige zu tun. Eine Erklärung jedoch konnte ich dafür nicht liefern.

Doch in Spanien wurde ich vollends gesund. Viele Stunden am Tag verbrachte ich meditierend am Strand. Ich überlegte über welche Fähigkeiten ich verfügte, beschloss, Qi-Gong und Meditation zu unterrichten als auch Energie-Heilung anzubieten, nannte das Ganze »Soul-Wellness«, ließ einen Prospekt drucken, und los ging's. Die Schüler kamen, die Kranken kamen, die Arbeit machte mir Spaß und ich war erfolgreich. Außerdem erlaubte mir dieses Leben genügend Zeit und Freiräume, weiter mit mir selbst zu arbeiten. Ich schwamm täglich mehrmals im Meer und reinigte mich damit von alten Energien. Es ging mir von Tag zu Tag besser, ich fühlte mich wohl, nahm endlich nach Jahren wieder an Gewicht zu, fand schnell auch an meinem neuen Wohnort überwältigend treue Freunde und fühlte mich täglich mehr in Balance mit dem Leben und mit mir selbst.

Doch nachdem ich etwa zwei Jahre in Spanien gelebt hatte, stagnierte plötzlich die Arbeit mit Schülern und Klienten. Es kam einfach niemand mehr. Ich bewarb mich wieder um andere Jobs. Doch nirgends hatte ich Glück. Die ersten kleinen Ersparnisse waren schnell wieder aufgebraucht. Ich konnte nachts vor Sorgen nicht schlafen und fühlte mich miserabel. Einige Wochen lang kämpfte ich mit diesen Sorgen. Und immer wieder drängte sich ein Gedanke dazwischen: Geh zurück nach Deutschland!

Doch ich wollte das Leben, das ich hatte, nicht aufgeben. Ich fühlte mich wohl am Meer und in der Sonne. Je vehementer ich die innere Stimme ignorierte, desto mehr fühlte ich mich auch körperlich wieder schlechter. Ich hatte erneut Ohnmachtsanfälle, epileptische Attacken, Sprachstörungen. Und damit kamen die Zweifel. Hatte ich mir all das neu erworbene Wissen nur eingeredet? Hatte sich ein neuer Tumor gebildet? War Krankheit nicht doch einfach nur ein Schicksal? War ich eine Versagerin? Hatte ich mir etwas vorgemacht? Zwei Monate quälte ich mich mit diesen Fragen, Zweifeln und Sorgen und schob beständig die immer lauter werdende innere Stimme zur Seite. Ich wollte nicht als Verlierer zurück nach Deutschland kommen. Denn so sah ich mich inzwischen: als Verliererin. Doch am Ende waren meine Verdienstmöglichkeiten in Spanien so sehr zusammengeschrumpft, dass ich nicht einmal mehr genügend Geld für die nächste Miete hatte. Das Leben schubste mich einmal mehr in die richtige Richtung. In der Nacht hörte ich die innere Stimme noch eindringlicher und lauter als je zuvor. Und ich fällte endlich eine Entscheidung.

Meine spanischen Freunde halfen mir, meinen Haushalt aufzulösen. Meine deutschen Freunde schickten mir das Geld für die Rückfahrt, und so startete ich mit vollbepacktem Auto (und Paul!) die Reise zurück in eine ungewisse Zukunft. Hätte ich nur eher auf die innere Stimme gehört! Mir wären traurige und schwere Wochen erspart geblieben. Doch wer nicht hören will, muss fühlen.

Ich kam also zurück nach Deutschland, erfuhr einmal mehr die überwältigende Unterstützung meiner Freunde und komme seitdem langsam wieder auf die finanziellen und gesundheitlichen Füße.

Inzwischen habe ich gelernt, meine innere Stimme öfter zu befragen und eher auf sie zu hören. Das äußere Leben ist noch immer schwer, doch Schritt für Schritt trage ich alte Berge ab und bereite den Weg zu einem neuen Aufstieg. Hier in Deutschland ergaben sich Chancen für intensive Weiterbildungen, die ich in Spanien nicht hätte wahrnehmen können. Heute weiß ich, warum der Zeitpunkt für die Rückkehr nach Deutschland gekommen war. Nun kann ich meinen eigenen Erfahrungen und meiner Intuition das fachliche Wissen hinzufügen. Es kommen wieder Menschen zu mir, denen ich mit meinen Erfahrungen und Fähigkeiten helfen kann. Ich habe alten Stolz überwunden und zu einer neuen, tiefen Demut gefunden. Ich werde immer aufmerksamer für die Zeichen, die mein Körper und meine Seele mir senden. Wenn ich es versäume, rechtzeitig darauf zu hören, geht es mir sofort schlechter, manchmal gesundheitlich, manchmal wirtschaftlich. Wenn ich mal eine falsche Abzweigung auf meinem Lebensweg nehme oder aus falscher Intention handele, werde ich umgehend eines Besseren belehrt. Doch eines habe ich gewonnen: Ich weiß, dass ich auf dem richtigen Weg bin! Ich lerne ständig wieder neu, dass es noch Vieles zu entdecken gibt. Ich erlebe, dass ich nicht allein bin. Ich habe gelernt, mich selbst zu lieben und zu akzeptieren. Und ich habe eine tiefe, demütige Liebe zu allem Leben, das mich umgibt, entwickelt. Und aus dieser Demut heraus kann ich den Menschen, die meine Hilfe suchen, dabei helfen, sich selbst zu helfen. Ich erlebe täglich Neues und habe begriffen, dass der Weg hier gerade erst begonnen hat. Und ich weiß, dass es keine Zufälle gibt und jede Begegnung und jede Begebenheit ihren ganz eigenen Sinn im Gefüge unseres Lebens hat. Ich bin insgesamt aufmerksamer geworden. Ich bin sicher, dass es in der Zukunft auch wieder einmal Krisen geben wird. Aber ich habe gelernt, die Zeichen zu deuten und die vielfältigen Methoden zur Lösungsfindung zu nutzen.

Ich habe Krankheit als eine dieser Methoden erfahren. Und ich bin dankbar dafür, dass ich über meine Erkrankung die Chance bekommen habe, aufzuwachen und zu mir selbst zu finden. Jeden Tag ein bisschen mehr. Ich habe Lektionen über Geben und Nehmen gelernt, über Hochmut und Demut, über Macht und Manipulation, über karmische Mächte und über die Liebe. Ich habe erfahren, dass Liebe die stärkste Kraft und damit das größte Heilmittel ist, das es gibt. Liebe überwindet Krankheit, Zweifel, Angst und alles, was uns Menschen hindert, uns ganz und gesund zu fühlen.

Der Weg ist hier nicht zuende, doch ich nehme freudig und neugierig an, was er mir auch in Zukunft noch zu bieten haben wird. Und ich wünsche jedem Menschen von Herzen, dass es ihm gegönnt sei aufzuwachen und sich auf seine ganz eigene Entdeckungsreise zu begeben.

Christine Baeyer, im November 2005

Bibliografie

Hier habe ich die Bücher aufgelistet, die mir bis hierher im Leben und beim Verfassen dieses Buches geholfen haben. Einige davon habe ich in der Auflistung mit einem kurzen persönlichen Kommentar versehen.

Greg Anderson: »Der Krebs-Überwinder« – eine unglaubliche Reise zur Heilung. Herder Spektrum.

Als Lektüre zu empfehlen nach dem ersten Schock der Krebs-Diagnose; ein Mut machendes Büchlein mit einfachen Tipps für ein positiveres Lebensgefühl. Wer sich daran hält, wird schnell feststellen: es funktioniert!

Lance Armstrong mit Sally Jenkins: »Tour des Lebens« – Wie ich den Krebs besiegte und die Tour de France gewann. Bastei Lübbe.

Für mich ein wunderbarer Beweis dafür, dass Überwindung von Krankheit durch Integration von Schattenseiten stattfinden kann, auch ohne dass es dem Betroffenen bewusst ist

Angeles Arrien: »Handbuch Crowley Tarot« – Praxisbezogene Anleitung zur Interpretation des Aleister Crowley Tarots. Urania.

Für mich ein unverzichtbares Handwerkszeug

Catherine Aubier: »Chinesische Tierkreiszeichen« – (Reihe). Heyne.

Erstaunliche und vergnügliche Lektüre

Hajo Banzhaf: »Astrologie« – Diederichs Kompakt.

Rodford Barrat: »Numerologie« – Aurum.

Jean-Dominique Bauby: «The Diving-Bell & The Butterfly" – One of the great books of the century. Fourth Estate.

Zu Herzen gehend! Die Geschichte eines Mannes, der in seinem vollständig gelähmten Körper gefangen ist und ausschließlich über ein Zwinkern des linken Auges mit der Außenwelt kommuniziert.

Erich Bauer: »Das astrologische Karmabuch« – Mit den Sternen das Schicksal entschlüsseln. Kailash.

Erklärt leicht verständlich, warum wir welches familiäre Karma tragen

Melody Beattie: »Der Weg zu innerer Stärke« – Inspirationen für die Seele. Heyne Millenium.

Auch ein Bericht über einen Weg zur eigenen Seele

Dietrich Beyersdorff: »Der große TRIAS-Ratgeber zur ganzheitlichen Krebs-Behandlung« – Konventionelle, biologische, ergänzende und unterstützende Verfahren. Wie Sie alle Möglichkeiten nutzen. So werden die verschiedenen Krebs-Erkrankungen behandelt. TRIAS.

Sehr empfehlenswertes Buch für alle Betroffenen! Hier gibt es einen relativ wertfreien Überblick über verschiedene Behandlungswege, leicht verständliches Hintergrundwissen und unzählige nützliche Informationen wie Literaturhinweise und Adressensammlungen.

Tobin Blake: »Meditation« – Alle wichtigen Wege und Methoden, zuverlässige Schritt-für-Schritt-Einführungen. Lotos.

Johann Bölts: »Qigong – Heilung mit Energie« – Eine alte chinesische Gesundheitsmethode. Herder Spektrum.

Karin Brandl: »Ich kann doch ohne dich nicht leben!« – Die Macht energetischer Verbindungen und ihre Auflösungen. Verlag Hermann Bauer.

Unbedingt zu lesen von allen, die in schwierigen Beziehungen und Hörigkeitsverhältnissen leben

Axel Brauns: »Buntschatten und Fledermäuse« – Leben in einer anderen Welt. Hoffmann und Campe.

Roman eines Autisten, vertieft das Verständnis

Barbara Ann Brennan: »Licht-Heilung« – Der Prozess der Genesung auf allen Ebenen von Körper, Gefühl und Geist. Goldmann Arkana.

Empfehlenswert für alle, die tiefer in die Thematik von Krankheit und (Energie-)Heilung einsteigen wollen

Leo Buscaglia: »LOVE« – What life is all about. Fawcett Columbine.

Dale Carnegie: «Sorge dich nicht – lebe!« – Die Kunst, zu einem von Ängsten und Aufregungen befreiten Leben zu finden. Scherz.

Allen Carr: »Endlich Nichtraucher!« – Der einfache Weg, mit dem Rauchen Schluss zu machen. Mosaik bei Goldmann.

Master Choa Kok Sui: »Grundlagen des Pranaheilens« – Koha

Master Choa Kok Sui: »Die hohe Kunst des Pranaheilens« – Koha

Master Choa Kok Sui: »Grundlagen der Prana-Psychotherapie« – Koha

Emil Coué: »Die Selbstbemeisterung durch bewusste Autosuggestion« – Schwabe & Co. AG-Verlag.

Coué entwickelte seine Autosuggestionsmethode bereits Anfang des 20. Jahrhunderts

Margit Dahlke, Rüdiger Dahlke: »Meditationsführer« – Finden Sie die für Sie richtige Meditations-Methode. Schirner.

Rüdiger Dahlke: »Krankheit als Sprache der Seele« – Be-Deutung und Chance der Krankheitsbilder. Mosaik bei Goldmann.

Wer von »Krankheit als Weg« fasziniert war, sollte hier unbedingt weiterlesen

Rüdiger Dahlke: »Lebenskrisen als Entwicklungschancen« – Zeiten des Umbruchs und ihre Krankheitsbilder. Mosaik bei Goldmann.

Rüdiger Dahlke: »Reisen nach Innen« – Geführte Meditationen auf dem Weg zu sich selbst. Heyne.

Dalai Lama: »Der Weg zum Glück« – Sinn im Leben finden. Herder Spektrum.

Andreas Dalberg: »Der Weg zum wahren Reiki-Meister« – Mit den Symbolen, Mantren und Einweihungsritualen aller Reiki-Grade. Knaur MensSana.

Irene Dalichow, Mike Booth: »Aura-Soma« – Heilung durch Farbe, Pflanzen- und Edelsteinenergie. Knaur MensSana.

Thorwald Dethlefsen, Rüdiger Dahlke: »Krankheit als Weg« – Deutung und Be-Deutung der Krankheitsbilder. Goldmann Arkana.

DAS Einsteigerbuch für die Analyse von Symptomen

Roger-Pol Droit: »101 Experiments in the Philosophy of Everyday Life« – Philosophy you can try at home, wonderfully engaging. Faber and Faber.

«Duden Die deutsche Rechtschreibung", 23. Auflage.
Wenn sich trotzdem Fehler eingeschlichen haben, dann nur deshalb, weil ich hin und wieder versäumt habe, dieses wichtige Werk zur Hand zu nehmen...

»Duden Fremdwörterbuch«, 4. Auflage.
Auch das muss sein!

Donna und Rodger Ewy: »Die Lamaze-Methode« – Der Weg zu einem positiven Geburtserlebnis. Goldmann

Sabrina Fox: »Auf der Suche nach Wahrheit« – Goldmann Arkana.

Annette Gillich: »Das hat mir geholfen« – Patienten verraten einfache Heilmittel mit großer Wirkung. Goldmann Arkana.

Brigitte Glaser: »Reiki« – Wohlbefinden durch die Heilkraft der Hände. Mosaik bei Goldmann.

Kalashatra Govinda: »Chakra Praxisbuch« – Spirituelle Übungen für Gesundheit, Harmonie und innere Kraft. Ludwig.
Nützlich, übersichtlich, aufschlussreich, für alle Energiearbeiter und solche, die es werden wollen

Chris Griscom: »Die Frequenz der Ekstase« – Bewusstseinsentwicklung durch die Kraft des Lichts. Econ Lotos.

Die Erläuterungen und Erklärrungen von Chris lassen die Zusammenhänge des Daseins so viel klarer erscheinen!

Chris Griscom: »Der Körper als Ausdruck der Seele« – Welche Botschaften und Lehren unser Körper enthält.

Berichte, Erläuterungen und Übungen zum Zugang zur Seele über den physischen Körper

Chris Griscom: »Zeit ist eine Illusion« – Die Frau, die Shirley MacLaine und anderen Prominenten Einblicke in frühere Leben gibt, erzählt von sich und ihrer Arbeit. Goldmann

Das Buch, das zum Schlüssel für meine Genesung wurde

Anselm Grün: »Jeder Mensch hat einen Engel« – Herder Spektrum.

Eine Abhandlung über Engel, mit Beispielen aus der Bibel

Georg Haddenbach: »Die 12 Tierkreiszeichen im Chinesischen Horoskop« – Falken Verlag.

Georg Haddenbach: »Im Zeichen der Sterne« – (Reihe). Falken Verlag.

»Das C. G. Jung Lesebuch« – ausgewählt von Franz Alt. Patmos.

Louise Hay: »Heile deinen Körper« – Seelisch-geistige Gründe für körperliche Krankheit. Lüchow Verlag.

Kleines Nachschlagebrevier als Erinnerung für alle, die sich bereits mit den Bedeutungen von Symptomen auseinandergesetzt haben

Carl-Hermann Hempen: »Die Medizin der Chinesen« – Erfahrungen mit fernöstlicher Heilkunst. Taschenbuch: Goldmann. Hardcover: C. Bertelsmann.

umfassend und informativ

Peter Kelder: »Die Fünf Tibeter« – Das alte Geheimnis aus den Hochtälern des Himalaja lässt Sie Berge versetzen. Scherz.

lesen, nachahmen, besser fühlen!

Karen Kingston: »Feng Shui gegen das Gerümpel des Alltags« – Rororo.

Josef Kirschner: »Hilf dir selbst, sonst hilft dir keiner« – Die Kunst, glücklich zu leben – in neun Lektionen. Knaur.

Josef Kirschner: »Manipulieren – aber richtig« – Die acht Gesetze der Menschenbeeinflussung. Knaur.

Benjamin Klein: »Kennst Du Deinen Engel?« – Regiatrex-Verlag.
Erklärt auf wunderbare Weise den Sinn des Lebens und der Ungerechtigkeiten, die uns begegnen

»Knaurs Gesundheitslexikon« – Ein Ratgeber für Gesunde und Kranke. Knaur.

Elisabeth Kübler-Ross: »Interviews mit Sterbenden« – Tod und Sterben sind Themen, die heute eher verdrängt als bewältigt werden. Dieses Buch ist der Aufgabe gewidmet, sterbenden Patienten, aber auch Ärzten, Seelsorgern, Schwestern und vor allem auch den Angehörigen der Kranken zu helfen. Die Interviews entstanden in einer großen Klinik im Rahmen eines Seminars für Ärzte, Theologen, Schwestern und Studenten und in Zusammenarbeit mit den Krankenhausseelsorgern.

Armin Lade: »Selbstheilung mit Qi« – Das Standardwerk der Energiemedizin. O.W. Barth.
Sehr fundiert, wohl eher für Fortgeschrittene

Gerhard von Lentner: »Die hohe Kunst des Kartenlegens« – 32 Karten, 10 000 Antworten. Kailash.
hundertfach für gut befunden

Dr. Andreas von Maxen, Dr. Gabi Hoffbauer, Andreas Heeke: »Kursbuch Medikamente und Wirkstoffe« – Welche Medikamente wirklich helfen, alle wichtigen Wirkstoffe kritisch bewertet, Infos zu Nebenwirkungen auf einen Blick. Was auch jeder Arzt wissen sollte. Weltbild.

Dan Millman: »Die Lebenszahl als Lebensweg« – Wie wir unsere Lebenbestimmung erkennen und erfüllen können. Ansata.
empfehlenswert

Bärbel Mohr: »Bestellungen beim Universum« – Ein Handbuch zur Wunscherfüllung. Omega.
unterhaltsam und kurzweilig

Bärbel Mohr: »Reklamationen beim Universum« – Nachhilfe in Wunscherfüllung. Omega.
siehe oben

Marlo Morgan: »Traumfänger« – Goldmann.
unbedingt empfehlenswert

Marlo Morgan: »Traumreisende« – Goldmann.

Tony Neate: »Jeder kann channeln« – Eine sichere Anleitung zur Erweiterung der eigenen Intuition. Kailash.

Osho: »Tantra, Spiritualität und Sex« – Osho-Verlag, die kleine Reihe.

Johanna Paungger, Thomas Poppe: »Aus eigener Kraft« – Gesundsein und Gesundwerden in Harmonie mit Natur- und Mondrhythmen. Goldmann.

Johanna Paungger, Thomas Poppe: »Vom richtigen Zeitpunkt« – Die Anwendung des Mondkalenders im täglichen Leben. Irisiana.

Ruth Picardie: »Es wird mir fehlen, das Leben« – Rororo.

Bericht einer Betroffenen, empfehlenswert für Krebskranke und ihre Lieben

Joachim Pongratz: »Qi Gong im Alltag« – Leichte altchinesische Übungen für ein harmonisches Leben. Knaur MensSana.

James Redfield: »Die Prophezeiungen von Celestine« – Ein Abenteuer. Das spirituelle Kultbuch. Ullstein.

spannend verpacktes spirituelles Einsteigerwissen

James Redfield: »Die zehnte Prophezeiung von Celestine« – Heyne.

James Redfield, Michael Murphy, Sylvia Timbers: »Gott und die Evolution des Universums« – Der nächste Entwicklungsschritt der Menschheit. Ullstein

sehr empfehlenswert für alle, die noch tiefer in die Thematik einsteigen wollen

Annette Rexrodt von Fircks: »...und flüstere mir vom Leben« – Wie ich den Krebs überwand. Ullstein.

Die Gedanken einer Betroffenen helfen sowohl anderen Kranken, sich nicht so allein zu fühlen

mit ihren Empfindungen als auch ihren Angehörigen, sie manchmal besser zu verstehen

Isolde Richter: »Atlas für Heilpraktiker« – Anatomie, Physiologie, Krankheitsbilder. Urban & Fischer.

Gabriele Schneider: »Kartenlegen mit Skatkarten« – Handbuch. Corona.

Sheila Sharamon, Bodo J. Baginski: »Das Wunder im Kern der Grapefruit« – Die Geheimnisse des Citrus paradisi. Das praktische Handbuch zur Anwendung bei Infektionen, Entzündungen, Mykosen, Allergien und vielem mehr. Windpferd.

O. Carl Simonton, Stephanie Matthews Simonton, James Creighton: »Wieder gesund werden« – Eine Anleitung zur Aktivierung der Selbstheilungskräfte für Krebspatienten und ihre Angehörigen. Rororo Sachbuch.

Wirklich hifreich! – sehr zu empfehlen für alle Krebskranken und ihre Angehörigen

Hans Joachim Störig: »Kleine Weltgeschichte der Philosophie« – Kohlhammer.

gut gemachter Überblick

Werner Stumpf: »Der große GU Ratgeber Homöopathie« – Anleitung zur Selbstbehandlung. Über 500 Beschwerdebilder, genaue Anwendungs- und Dosierungsvorschriften für die passenden Arzneien. Mit Haus-, Reise- und Sport-Apotheke. Gräfe und Unzer.

Linda Tellington-Jones & Sybil Taylor: »TTouch for you!« – Gesundheit und Wohlgefühl mit dem Tellington TTouch. Kosmos.

Lillian Too: »Die Grundlagen des Feng Shui« – Ein Praxisbuch für Einsteiger. Knaur MensSana.

Thomas Ulrich: »Dualseelen & Seelenpartner« – Das Geheimnis der ewigen Liebesverbindung. Heyne.

Barbara Vödisch: »Erwachen ist einfach« – Mein Weg in die Freiheit. J. Kamphausen Verlag.

Paul Wilson: »Wege zur Ruhe« – 100 Tricks und Techniken zur schnellen Entspannung. Rororo Sachbuch.
hier ist für Jeden etwas dabei

Dominique Viseux: »Das Leben nach dem Tod in den großen Kulturen« – Eugen Diederichs Verlag.

Gerd Ziegler: »Tarot, Spiegel deiner Bestimmung« – Urania.